中华聚珍文学丛书

纳兰词今译

〔清〕纳兰性德 著

盛冬玲 译注

中华书局

图书在版编目（CIP）数据

纳兰词今译/（清）纳兰性德著;盛冬玲译注. —北京:中华书局,2019.6
（中华聚珍文学丛书）
ISBN 978-7-101-13379-0

Ⅰ.纳… Ⅱ.①纳…②盛… Ⅲ.①词（文学）-作品集-中国-清代②《纳兰词》-译文③《纳兰词》-注释 Ⅳ.I222.849

中国版本图书馆 CIP 数据核字（2018）第 175216 号

书　　名	纳兰词今译
著　　者	〔清〕纳兰性德
译 注 者	盛冬玲
丛 书 名	中华聚珍文学丛书
责任编辑	李保民
出版发行	中华书局
	（北京市丰台区太平桥西里 38 号　100073）
	http://www.zhbc.com.cn
	E-mail:zhbc@ zhbc.com.cn
印　　刷	北京瑞古冠中印刷厂
版　　次	2019 年 6 月北京第 1 版
	2019 年 6 月北京第 1 次印刷
规　　格	开本/880×1230 毫米　1/32
	印张 8⅞　插页 2　字数 160 千字
印　　数	1-5000 册
国际书号	ISBN 978-7-101-13379-0
定　　价	32.00 元

导　读

一

　　诗亡词乃盛，比兴此焉托。往往欢娱工，不如忧
患作。冬郎一生极憔悴，判与三闾共醒醉。美人香
草可怜春，凤蜡红巾无限泪。芒鞋心事杜陵知，只今
惟赏杜陵诗。古人且失风人旨，何怪俗眼轻填词。
词源远过诗律近，拟古乐府特加润。不见句读参差
《三百篇》，已自换头兼转韵。

　　这首题为《填词》的七古，一反传统的把词看成"诗余"的
说法，声称"诗亡词乃盛"，"词源远过诗律近"，显然是为
词张目。它出自三百年前的一位满族青年的手笔。作者
就是被况周颐誉为"国初第一词人"①的纳兰性德。

　　纳兰性德原名成德，②字容若，满洲正黄旗人。纳兰
是满洲氏姓，译音无定字，又作纳喇、纳腊、那兰、那拉，因
为源出明代海西女真四部之一的叶赫部，所以也称叶赫
那拉氏。从公元十七世纪初开始，建州女真的首领努尔
哈赤渐次吞并女真各部，并于明万历四十四年(1616)称
帝，建国号为金，史称后金。三年后(1619)，出兵攻灭与

明王朝关系较为密切的叶赫部。叶赫部的首领金台什在城破时拒绝投降，高呼"吾祖世居斯土，我生于斯，长于斯，则死于斯而已"，举火自焚。③这位不屈的硬汉子，就是纳兰性德的曾祖父。金台什虽死，但由于他的妹妹早先已嫁努尔哈赤，并且是皇太极（后来的清太宗）的生母，这一姻亲关系使其家属免遭斩尽杀绝之祸。金台什之子倪迓韩被编入由后金皇帝直接统率的正黄旗。后来后金改国号为清，公元一六四四年清世祖福临入关，定都北京，正黄旗佐领倪迓韩作为从龙将士，卓有劳绩，被赏给云骑尉世职。倪迓韩的次子就是纳兰性德之父明珠。明珠由侍卫起家，康熙初年即官至部院大臣，后又深得清圣祖玄烨的信任，授武英殿大学士，居相位多年，成为清廷统治中枢的核心人物，声势煊赫，权倾一时。

纳兰性德出生于顺治十一年（1655）十二月。乌衣公子，少年科第，十八岁顺天乡试中式，次年会试连捷，但因病未赴殿试；至康熙十五年（1676）二十二岁时补殿试，成二甲第七名进士。清圣祖因其籍隶正黄旗，又是自己所宠信的大臣之子，特授三等侍卫，④有意用作亲信。据记载，纳兰性德"出入扈从，服劳惟谨，上眷注异于他侍卫。久之，晋二等，寻晋一等。上之幸海子、沙河、西山、汤泉及畿辅、五台、口外、盛京、乌喇，及登东岳、幸阙里、省江南，未尝不从"，⑤先后赐予甚多。康熙二十一年（1682）秋冬，纳兰性德受清圣祖委派，曾与副都统郎谈等一起去黑龙江一带执行一项重要使命：侦察侵扰边境的罗刹（俄罗斯)的情势,并联络当地各少数民族,为反击罗刹的侵略行径作准备。他出色地完成了这一任务。上"知其有文武才,非久且迁擢矣",⑥不幸于康熙二十四年(1685)五月下旬突然得寒疾,七日不汗而死,年仅三十一岁。据说纳兰性德得病后,清圣祖曾屡屡派人探问诊治,并且亲自开了药方,⑦足见关怀之意。

纳兰性德文思敏捷,书法娟秀,又明音律,精于骑射,堪称多才多艺。他十二岁时就撰有一部内容相当丰富的笔记《渌水亭杂识》,梁启超称赞此书"记地胜,撷史实,多有佳趣。偶评政俗人勿,见地亦超绝。诗文评益精到,盖有所自得也。卷末论弗老,可谓明通",并感叹说:"翩翩一浊世公子,有此器识,且出自满洲,岂不异哉!使永其年,恐清儒皆须让此看出一头地也。"⑧对于经学,纳兰性德也有一定的造诣,曾在其师徐乾学帮助下,收集宋元学者说经诸书,合刻为《通志堂经解》,并一一为之作序。但纳兰性德之所以能垂名后世,三百年来一直为人所称道,则在于他是一位杰出的词人。

纳兰性德以词名家。前引《填词》诗,就体现了他对倚声之事的偏爱,他自言"少知操觚,即爱《花间》致语,以其言情入微,且音调铿锵,自然协律"(《与梁药亭书》)。在写给志同道合的好友顾贞观的一阕《虞美人》中甚至说道:

凭君料理《花间》课,莫负当初我。眼看鸡犬上天梯,黄九自招秦七共泥犁。

他们要继承并发扬《花间集》所代表的唐五代词的传统,连下地狱都不怕!临终与徐乾学诀别,他还特别提到自己性喜填词,"禁之难止"。⑨同时师友对他在这方面流露出来的才华十分钦佩,为之心折。如严绳孙认为纳兰性德所作之词兼有"周柳香柔,辛苏激亢",⑩"宋诸家不能过也"。⑪徐乾学也说其作"远轶秦柳",⑫"清新秀隽,自然超逸"。⑬韩菼则赞其长短句"跌宕流连",能"写其所难言"。⑭当时传说纳兰性德的词作"传写遍于村校邮壁",⑮"家家争唱《饮水词》",⑯甚至远传朝鲜,朝鲜诗人为题"谁料晓风残月后,而今重见柳屯田"之句。⑰

大家知道,词这种文学形式兴于唐而盛于宋,两宋名家叠出,各擅其长,群峰争秀,千姿百态,可以说是蔚为大观。元明两代,词坛寂寞,虽然也偶见可诵之作,毕竟无大手笔可挽颓势。随着乐谱的失传,填词这一门倚声之学失去红牙银拨的依托,也就更加冷落,似乎是一蹶不振了。然而柳暗花明又一村,到了明清易代之际,忽见转机,词学出现了中兴的趋势。当时骚人墨客在干戈纷扰之中一般都有身世浮沉之感,或怀亡国之痛,或有失节之恨,或作避世之想。无论是家国恨、儿女情,慷慨悲歌也罢、低回沉吟也罢,都适宜于用句式参差、韵式不一的词来表达。如陈子龙的风流婉丽,吴伟业的自怨自叹,王夫之的沉痛宛转,屈大均的哀怨难平,都有自己独特的风格,能列于作者之林而无愧。康熙年间,统一的局面大势已定,清皇朝在玄烨这一有为之君的领导下进入了它的盛世。虽然顺治末年庄氏史案的阴影尚未完全消除,但直到康熙五十年戴名世因《南山集》得祸,其间有整整半个世纪,清廷没有大起文字狱。除了极少数汉族知识分子对这由满族建立的新朝仍持不合作态度外,绝大多数士大夫在相对安定的生活环境中,或汲汲于仕进,或潜心于著述,都想有所表见。这一情势也促进了文学创作的繁荣。古文、诗歌、戏庄等方面的作家一时蜂起,词坛更是宗风大振,一片兴旺景象。被称为稼轩后身的陈维崧以其意气横逸、豪迈奔放的作品睥睨一世,成为阳羡词派的盟主。而秀水朱彝尊之作则醇雅婉约,摇曳生姿,开浙西词派的先河。其他如王士禛的独得神韵,曹贞吉的潇洒清奇,毛奇龄的取资吴歌,顾贞观的用情至深,都能卓然成家。纳兰性德鹊起其间,像一颗璀璨的明星,在当时的词坛上放射着夺目的光辉。

纳兰性德的词作在康熙十七年(1678)他二十四岁时第一次编集刊行。初名《侧帽词》,用北周美男子独孤信"因猎日暮,驰马入城,其帽微侧。诘旦而吏人有戴帽者,咸慕信而侧帽焉"[18]的典故,有风流自赏的意思。后顾贞观为之改名《饮水词》,则取义于纳兰性德曾引以自喻创作甘苦的禅家语"如鱼饮水,冷暖自知"。[19]他死后六年,康熙三十年(1691),徐乾学辑刻其遗作为《通志堂集》,其中包括词四卷。以后又有刻本多种,而以光绪年间许增所刊《纳兰词》收录最备,共三百四十二首。此外尚能从清人词选、词话、笔记中辑得少许,通计饮水词人传世的词作约在三百五十首左右。

二

顾贞观说:"容若词一种凄惋处,令人不能卒读。人言愁,我始欲愁。"[20]陈维崧则认为"饮水词哀感顽艳,得南唐二主之遗"。[21]的确,我们读纳兰性德的词,总觉得有一种深切而又执着的哀愁浸淫于字里行间。他的作品不能说全部,至少也是大部,都情调伤感,气氛悲凉。这样就产生了一个问题:纳兰性德身为贵介公子,生当康熙盛世,兼之少年科第,又有时誉人望,真可以说是富贵场中的幸运儿,为什么他还会有那么多的"哀"、"怨"、"愁"、"恨",怀着惆怅迷惘、心灰意冷的末世之感?作者出身经历与作品内容风格的这种不协调,似乎违背常理。不少论者注意到了这一矛盾,并作出了自己的解释。有的认为纳兰性德忘不了"那拉上代与爱新觉罗族(清皇族)一段恨事",所以"言行中似对清朝若有隐憾",[22]而内心自有隐痛。有的认为纳兰性德"天赋多情","徒以身居侍从,长隔闺帏,别离情思,增其伊郁。加以少年丧偶,万绪悲凉,酝酿愈久,而其心愈苦,其情愈真,故一旦发而为词,益见其哀感顽艳"。[23]还有人说性德"三生慧业,不耐浮尘",因而"寄思无端,抑郁不释";[24]"非慧男子,不能言愁,唯古诗人,乃云可怨"㉕——谁教他那么聪明,那么富于诗人气质呢!甚至有人怀疑纳兰性德本是江南汉家儿郎,被南下的清兵掳到北方,而被明珠收养,正因为"别有根芽",所以"所写的是一派凄婉哀愁的悲歌"。㉖最近,更有研究者提出了新的看法:"在封建制度临近崩溃的前夜,统治阶级内部产生了不可遏止的苦闷情绪,必然会反映到创作上来",纳兰性德正是用他哀婉凄厉的词章,在曹雪芹创作《红楼梦》之前,就"以歌代泣,用诗章凭吊垂死的时代了"!㉗

前人和今人的上述论断,有些包含着合理的因素,能给人以启发,也有些不过是无实据的臆说或宿命论的呓语。纳兰性德词作凄婉伤感的基调反映了他心中的痛苦和矛盾,这当然不能简单地归结为性格的悲剧。下面我们拟以他的作品为依据,来分析他待人处世的态度及其复杂的内心世界,从而探讨他有何追求,因何失望,找出他长在愁闷凄苦中的原因。

纳兰性德有过治国平天下的雄心壮志,他自称"我亦忧时人,志欲吞鲸鲵"(《长安行赠叶讱庵庶子》)。"忧时"就是忧国忧民。当时清王朝经历了一次危机,分封在云南、广东、福建等地的原明降将吴三桂、尚之信、耿精忠等形成半独立的割据势力,清圣祖在明珠的支持襄赞下,毅然决定撤藩,吴三桂等就公开叛变,史称"三藩之乱"。纳兰性德所忧是国家被分裂,王朝被倾覆,人民在战乱中流离失所。他志吞鲸鲵,"慷慨欲请缨"(《拟古四十首》之三

十七),曾与友人"展卷论王霸",自嗟"平生纵有英雄血,无由一溅荆江水"(《送荪友》),还曾写下这样的诗句:

……悲吟击龙泉,涕下如绠縻。不悲弃家远,不惜封侯迟。所伤国未报,久戍嗟六师。激烈感微生,请赋从军诗。

——《杂诗七首》之五

我们听到的难道不是一个壮士的口吻?看到的难道不是一个志士的形象?纳兰性德是很想建立功业、有所作为的。他深望能一匡天下,图影麟阁,垂名后世,写道:"未得长无谓。竟须将、银河亲挽,普天一洗。麟阁才教留粉本,大笑拂衣归矣。"(《金缕曲》)即使是作游仙诗,也要说"平生紫霞心,翻然向凌烟"(《拟古四十首》之五)!

纳兰性德又自称"予本多情人,寸心聊自持"(《拟古四十首》之十五)。他有一枚闲章,上篆"自伤多情"四字。他确实是一个多情种了,对人间美好的事物、美好的感情,怀有真切而深沉的爱。所谓"寸心聊自持",实际上等于说心中难以自持。三百多首词作,就是他真情的流露,在三百多年后的今天,仍使人为之倾倒,为之感喟。

纳兰性德的多情首先表现在他对真挚爱情的追求和珍惜。他的原配是曾任两广总督的汉军旗人卢兴祖的女儿。据纳兰性德同年叶舒崇所撰《皇清纳腊室卢氏墓志铭》,⑧知卢氏康熙十三年(1674)"年十八归容若",性德这

一年是二十岁。少年夫妇,极其恩爱。纳兰性德有一首
《浣溪沙》就是描写新婚之初如醉如痴的心境:

> 十八年来堕世间,吹花嚼蕊弄冰弦。多情情寄
> 阿谁边? 紫玉钗斜灯影背,红绵粉冷枕函偏。相
> 看好处却无言。

在他心目中爱妻是偶谪人世的天仙,吹花嚼蕊,无比纯
洁。"相看好处却无言",大有《诗·唐风·绸缪》所谓
"今夕何夕,见此良人。子兮子兮,如此良人何"的况
味。"忆得水晶帘畔立,泥人花底拾金钗","忆得染将
红爪甲,夜深偷捣凤仙花","忆得纱橱和影睡,暂回身
处妒分明"(《和元微之杂忆诗》),"记得夜深人未寝,
枕边狼藉一堆花"(《别意》),婚后的生活,给他留下了
多少美好的记忆!"玉局类弹棋,颠倒双栖影。花月不
曾闲,莫放相思醒"(《生查子》),"被酒莫惊春睡重,赌
书消得泼茶香"(《浣溪沙》),他们是如此地情投意合,
如胶似漆。可是纳兰性德官为侍卫,职分所在,经常要
宿卫宫禁或扈从出巡,这就难免"几番离合总无因,赢
得一回僝僽一回亲"(《虞美人》)。分离时,他是梦牵
魂萦:

> 客夜怎生过?梦相伴、绮窗吟和。薄嗔佯笑道,
> 若不是恁凄凉,肯来么? 来去苦匆匆,准拟待、晓

钟敲破。乍偎人、一闪灯花堕,却对着,琉璃火。

　　　　　　　　　　——《寻芳草·萧寺纪梦》

归家重逢,心中的欢欣难以言状,觉得一切事物都是出奇地美好:

　　重见星娥碧海槎,忍笑却盘鸦。寻常多少,月明风细,今夜偏佳。　休笺彩笔闲书字,街鼓已三挝。烟丝欲裹,露光微泫,春在桃花。

　　　　　　　　　　　　　　　——《眼儿媚》

他还说:"一生一代一双人,争教两处销魂?"分离是不合理的,他只愿长相厮守,即使为此要放弃富贵荣华,也在所不惜:"若容相访饮牛津,相对忘贫。"(《画堂春》)卢氏婚后三年,"亡何玉号麒麟,生由天上;因之调分凰凤,响绝人间",㉙不幸于康熙十六年五月三十日死于难产,性德悲痛万分,"悼亡之吟不少,知己之恨尤深"。㉚他的悼亡词不少于二三十首,有的真是一字一泪:

　　青衫湿遍,凭伊慰我,忍便相忘?半月前头扶病,剪刀声、犹共银釭。忆生来、小胆怯空房。到而今,独伴梨花影,冷冥冥、尽意凄凉。愿指魂兮识路,教寻梦也回廊。　咫尺玉钩斜路,一般消受,蔓草残阳。判把长眠滴醒,和清泪、搅入椒浆。怕幽泉、还为我神伤。道书生、薄命宜将息,再休耽、怨粉愁香。料得重圆密誓,难禁寸裂柔肠。

——《青衫湿遍·悼亡》

事过三年,仍然伤心不已:

> 此恨何时已? 滴空阶、寒更雨歇,葬花天气。三载悠悠魂梦杳,是梦久应醒矣。料也觉、人间无味。不及夜台尘土隔,冷清清一片埋愁地。钗钿约,竟抛弃。　重泉若有双鱼寄,好知他、年来苦乐,与谁相倚。我自终宵成转侧,忍听湘弦重理? 待结个、他生知己。还怕两人都薄命,再缘悭剩月零风里。清泪尽,纸灰起。

——《金缕曲·亡妇忌日有感》

展看遗像,更有不可抑止的哀思:

> 泪咽更无声,止向从前悔薄情。凭仗丹青重省识,盈盈,一片伤心画不成。　别语忒分明,午夜鹣鹣梦早醒。卿自早醒侬自梦,更更,泣尽风前夜雨铃。

——《南乡子·为亡妇题照》

后来纳兰性德与续娶之妻官氏,夫妇间亦多挚爱。他行役塞外,颇多思家之作,思念的对象就是官氏。当短衣匹马行进在夕阳古道上的时候,他柔肠牵挂,拟想他日重聚首,"却愁拥髻向灯前,说不尽、离人话"(《一络索》)的情景。当"一灯新睡觉,思梦月初斜"的时候,更憧憬"春云春水带轻霞。画船人似月,细雨落杨花"(《临江仙》)的境界。他还设想妻子的梦魂会远度关山来同自己相聚:

> 塞草晚才青,日落箫筎动。恻恻凄凄入夜分,催度星前梦。　小语绿杨烟,怯踏银河冻。行尽关山到白狼,相见唯珍重。
>
> ——《卜算子·塞梦》

在封建社会中,世家贵胄多以声色自奉,金钗成列,视为当然。正如《红楼梦》中紫鹃所说的那样:"公子王孙虽多,那一个不是三房五妾,今儿朝东,明儿朝西?娶一个天仙来,也不过三夜五夜,也就撂在脖子后头了。"(第五十七回)而纳兰性德笃于伉俪,身无姬侍,集中也不见狭邪冶游之作,其用情之深,用情之专,应该说是难能可贵的。

纳兰性德的多情还表现在他向往真诚的友情,重交谊。他所看重的,"皆一时俊异,于世所称落落难合者",㉛当时的一些著名文士,如顾贞观、姜宸英、严绳孙、吴兆骞等,只要志趣相投,他都倾心相交,为之谋生计,解危难,不仅不摆贵公子的架子,而每每相援相煦,即使言语冒犯,也"曲为容纳","阴为调护"。㉜姜宸英曾在祭纳兰性德文中深情地回忆:"余来京师,刺字漫灭,举头触讳,动足遭跌。见玙怡然,忘其颠蹶,数兄知我,其端非一。我常箕踞,对客欠伸,兄不余傲,知我任真。我时漫骂,无问高爵,兄不会狂,知余疾恶。激昂论事,眼瞪舌拕,兄为抵掌,助之叫号……在贵不骄,处富能贫,宜其胸中,无所厌欣。"③这段文字生动地记述了纳兰性德同他不拘形迹的交情。姜宸英久负才名,然而科场失意,白头不遇。纳兰性德为之愤愤不平:"一事伤心君落魄,两鬓飘萧未遇。有解忆、长安儿女。裘敝入门空太息,信古来才命真相负。身世恨,共谁语?"(《金缕曲·姜西溟言别赋此赠之》)他受顾贞观之托尽心竭力营救因受科场案牵连而久戍塞外的吴江名士吴兆骞一事,更被传为佳话。纳兰性德与吴本不相识,却对其不幸遭遇深表同情:

> 洒尽无端泪。莫因他、琼楼寂寞,误来人世。信道痴儿多厚福,谁遣天生明慧? 就更着、浮名相累。仕宦何妨如断梗,只那将声影供群吠。天欲问,且休矣。 情深我自拚憔悴。转丁宁、香怜易爇,玉怜轻碎。美煞软红尘里客,一味醉生梦死。歌与哭、任猜何意。绝塞生还吴季子,算眼前此外皆闲事。知我者,梁汾耳。
>
> ——《金缕曲·简梁汾,时方为吴汉槎作归计》

有人怀疑明珠、性德父子延揽交结汉人名士,是接受清圣祖的指示,有牢笼软化的政治目的;㉝历史上也不乏权贵子弟结客养士以博爱才任侠之名的例子。但从纳兰性德所为、所言以及时人的评价、后人的怀想来看,他的交友很难说别有政治目的,更谈不上是沽名钓誉之举。他厌恶奔走于名利场中的"软热人",对这种人往往是"屏不肯一觌面",甚至"见而走匿",㉟他与"达官贵人相接如平常,而结分义,输情愫,率单寒羁孤、侘傺困郁、守志不肯悦俗之士"。㊱他的友人或潦倒失意,怀才不遇,满腹牢骚;或虽受职新朝,却与清廷貌合神离,内心有"千古艰难唯一死,伤心岂独息夫人"㉜的痛苦。纳兰性德同他们一起歌,一起哭,"情深我自拼憔悴",这种感情出自一个满族贵公子,更显得珍贵。

纳兰性德还自称"吾本落拓人,无为自拘束"(《拟古四十首》之三十九)。所谓落拓,是指放荡不羁,不愿受世俗礼法的束缚,而企求一种比较自由的生活。在一首拟古诗中,他明确提到"予生实懒慢,傲物性使然。涉世违世用,矫俗忤俗欢"(《效江醴陵杂拟古体诗二十首·嵇叔夜言志》)。他对自身的荣华富贵,看得非常淡薄,"生长华阀,淡于荣利"㉞。"德也狂生耳。偶然间、缁尘京国,乌衣门第"(《金缕曲·赠梁汾》),在他看来,自己出身于高贵的门第,不过是偶然之事;仕途进退,更不必认真对待,"曰予餐霞人,簪绂忽如寄"(《拟古四十首》之一),"忽佩双金鱼,予心何梦梦"(《拟古四十首》之十八),功名利禄,如梦如幻。"仆亦本狂士,富贵鸿毛轻"(《野鹤吟赠友》),

"倜傥寄天地,樊笼非所欲"(《拟古四十首》之三十九)。他渴望能摆脱名缰利锁的羁绊,跳出尘世礼俗的樊笼。他羡慕自由自在地回翔云衢的野鹤和闲飞闲宿不受拘束的海鸥,感叹"倚柳题笺,当花侧帽,赏心应比驱驰好","小楼明月镇长闲,人生何事缁尘老"(《踏莎行·寄见阳》)。他还说:"人各有情,不能相强。使得为清时之贺监,放浪江湖;何必学汉室之东方,浮沉金马乎……恒抱影于林泉,遂忘情于轩冕,是吾愿也。"(《与顾梁汾书》)纳兰性德是一个非常真率的人,说这些话不是故作清高。他最憎恶那些"虚言托泉石,蒲轮恨不早"(《杂诗七首》之一)的假隐逸,痛斥他们"磬折投朱门,高谈尽畎亩,言行清浊间,尺工乃逾丑"(《拟古四十首》之二十五)。他身在富贵场中,目睹其间风波凶险,人情丑恶,纵不能挥手自兹去,得遂还其天真的本愿,也要洁身自好,做到出污泥而不染。严绳孙说他"虽处贵盛,闲庭萧寂。外之无扫门望尘之谒,内之无裙屐丝管、呼卢秉烛之游",③其父虽权倾中外,他平生却不干预政事,"闭门扫轨,萧然若寒素……拥书数千卷,弹琴咏诗,自娱悦而已"。④落拓之人似乎又真成了避世之人。

　　作为一个忧时人,纳兰性德有心积极入世,想轰轰烈烈地做一番事业,但终于未能如愿以偿。他曾留心于经世济国之学,"于往古治乱,政事沿革兴坏,民情苦乐,吏治清浊,人才风俗盛衰消长之际,能指数其所以然",④"留心当世之务,不屑屑以文字名世",④"不但不以贵公子自居,并不肯以才人自安"。㊸然而清圣祖并没有重用他,把他放在身边充当侍卫,恐怕也暗含调察明珠的意图。侍卫生涯出则侍从,入则宿卫。性德说自己"日睹龙颜之近,时亲天语之温。臣子光荣,于斯至矣。虽霜花点鬓,时冒朝寒,星影入怀,长栖暮草,然但觉其欢欣,亦竟忘其劳勚也"(《与顾梁汾书》)。他真是感到那么光荣,又觉得那么欢欣吗?不!他有难言之痛。徐乾学指出,他"自以蒙恩侍从,无所展效",㊹不能施展抱负,这对一个有志之士来说,是何等的悲哀!纳兰性德勤慎供职,"无事则平旦而入,日晡未退,以为常",但他"惴惴有临履之忧,视凡近臣者有甚焉"。㊺当时明珠正处在党争的漩涡中,难保能长邀帝眷。而纳兰性德耳闻目睹,对官场的黑暗,仕途的凶险深有体会。出于忧惧,为了免祸,他懂得"深藏乃良贾"(《拟古四十首》之二十九)的道理。但既经常怀有如临深渊,如履薄冰的心理,"荣华及三春,常恐秋节至"(《拟古四十首》之一),如此战战兢兢,哪里还能有什么欢欣!他曾自比来自西极的大宛天马,"天闲十万匹,对此皆凡材",然而天马却被视同凡马,不禁"却瞻横门道,心与浮云灰",感叹"但受伏枥恩,何以异驽骀"(《拟古四十首》之二十六)。对这种处境,他又何尝引以为荣?在给好友的信中,他自言"胸中块垒,非酒可浇"(《与严绳孙简》),与好友相处,坐无旁人时,也往往流露出对自己的境遇"意若有所甚不释者"。㊻严绳孙说他"警敏如彼而贵近若此,此其夙夜寅畏,视凡人臣之情必有百倍而不敢即安者，人不得而知也"。㊼这种人不得而知的矛盾痛苦的心情，反映到创作中，自然就成为愁苦之音。

作为一个多情人，性德对一切事物都怀有良好的愿望。然而在他看来，世上美好的事物、美好的感情都太脆弱，太容易遭受摧残磨折了。"香怜易爇，玉怜轻碎"(《金缕曲·简梁汾》)，正是他这种心情的写照。盼花长好，可是"片红飞减，甚东风不语、只催飘泊"(《念奴娇·废园有感》)。盼月长圆，可是明月"一昔如环，昔昔都成玦"(《蝶恋花》)。盼天生明慧的才士能得到幸福，可是偏偏"须知名士倾城，一般易到伤心处"，"怪人间厚福，天公尽付，痴男騃女"(《水龙吟·题文姬图》)。盼"一生一代一双人"能永远陶醉在爱情的温馨中，可是人间的"圣主"却使他长受生离之苦的煎熬，冥冥之中的死神更给了他死别的创痛。本来可以比较美满的夫妇生活先是带着难以弥补的缺憾，而后又造成抱恨终身的结局，词集中那么多的伤别与悼亡之作，便是血泪结缀而成。

关于纳兰性德爱情的不幸，除了卢氏的早卒以及"身居侍从，长隔闺帏"外，还应提一下他早年与一个少女青梅竹马、两情相洽而最终被迫分携之事。晚清谙于掌故的宗室盛昱曾举故老相传之语，说纳兰性德曾恋其表妹，已有婚约而彼女被选入宫，遂成永隔。此事并无确证。但纳兰性德婚前曾有过一个恋人，这是可以肯定的。他的词中，就透露了这方面的蛛丝马迹：

正是辘轳金井,满砌落花红冷。蓦地一相逢,心事眼波难定。谁省? 谁省? 从此簟纹灯影。

——《如梦令》

相逢不语,一朵芙蓉着秋雨。小晕红潮,斜溜鬟心只凤翘。　待将低唤,直为凝情恐人见。欲诉幽怀,转过回阑叩玉钗。

——《减字木兰花》

所恋少女娇憨的形象和作者为情颠倒的情景,都跃然纸上。由于人为的阻隔,二人未能如愿。但是纳兰性德始终未能忘却这一段情事。"背灯和月就花阴,已是十年踪迹十年心"(《虞美人》),"十年青鸟音尘断,往事不胜思"(《少年游》),"此情已自成追忆,零落鸳鸯,雨歇微凉,十一年前梦一场"(《采桑子》)! 从所云"十年"、"十一年"来看,纳兰性德追忆的对象只能是早年的恋人卢氏,因为卢氏死后只过八年,纳兰性德就离开了人间。这少年情事既在他脑海中留下了美好的记忆,也在他心灵上蒙上了一层难以消除的阴影。

一心追求美满爱情的多情人,在爱情生活中也曾有过自己的欢乐,但更多的却是创伤和痛苦,言为心声,也就无怪乎他的词作是那么哀感顽艳了。

作为一个落拓人,纳兰性德不屑随俗,在富贵场中落落难合。他曾说:"东华软红尘,只应埋没慧男子锦心绣肠,仆本疏慵,那能堪此?"(《与张见阳第二十九札》)可是他又何尝能摆脱儒家伦理观念的约束,与这富贵场决裂?对自己的"肉食锦衣,朱轮华毂,出自襁褓,至于弱壮",他认为"咸帝之德","咸帝之泽",又说"先师垂训,显亲扬名,敢不黾勉,无忝所生"(《忠孝二箴》)。他是浊世中的翩翩佳公子,也正因为有着贵公子的身份,他也就难以与这"浊世"分清泾渭。即使是倜傥不羁的落拓人,既然生于那样的社会,又处于那样的地位,怎么可能完全脱出封建礼俗、仕途经济的樊笼呢? 明珠的相府本非可以避世的桃源,而纳兰性德要"脱屣宦途,拂衣委巷"(《与顾梁汾书》),真是谈何容易! 他的内心世界充满了矛盾和痛苦:

> 天道本杳冥,人谋苦不早。荒庐日旰坐,百虑依春草。四顾何茫然,凝思失昏晓。
>
> ——《拟古四十首》之二

积极入世的雄心壮志已被消磨殆尽,消极避世,以求自我解脱又难以如愿。苦闷彷徨的心理只能酝酿出忧郁的情绪,也势必影响到他词作的基调。

忧时也罢,多情也罢,落拓也罢,重重的追求只带来重重的失望。正如顾贞观在祭文中所指出的:"吾哥所欲试之才,百不一展;所欲建之业,百不一副;所欲遂之愿,百不一酬;所欲言之情,百不一吐。"⑧理想的破灭使纳兰性德产生深沉的失落感、幻灭感。一部《饮水词》,大多都是凄苦之音,正是这种难以消除的失落感、幻灭感的反映。

应该指出的是,纳兰性德的词并非全部都是格调低沉的,其中不时也传出轻快或雄浑的旋律。即使是词集中大量出现的感时恨别、悼亡忏情或表达失意颓伤、愤世避世之意的作品,也不能一概指斥为思想消极。因为如前所述,我们可以从中体会到作者对真挚的爱情、真诚的友谊的真切的追求,而他的失望、他的苦闷,对我们了解那个已经开始进入末世的封建社会,不也是很有启发意义么?

纳兰性德的词有一种特殊的魅力,三百年来,一直为论者所重视,而且被许多读者所喜爱。

历来探讨纳兰词艺术风格的人几乎都认为他的作品最感人之处在于用情至深、用情至真而又天然清新,不加雕饰,亦即况周颐所谓"一洗雕虫篆刻之讥","纯任性灵,一尘不染",[49]王国维所谓"以自然之眼观物,以自然之舌言情"。[50]

纳兰性德反对创作中一味临摹仿效的习气,强调吟诗填词,作者应以自己的本来面目出现,如只是规摹古人,"陈陈相因",不免成为"尘羹涂饭",纵然"俗人动以当行本色诩之",其实只能使识者齿冷(《与梁药亭书》)。他

写过一篇题为《原诗》的文章,阐发此意更为明达:

> 盖俗学无基,迎风欲仆,随踵而立。故其于诗
> 也,如矮子观场,随人喜怒,而不知自有之面目,宁不
> 悲哉!有客问诗于予者,曰:"学唐优乎?学宋优
> 乎?"予曰:"子无问唐也宋也,亦问子之诗安在耳。"
> 《书》曰:"诗言志。"虞挚曰:"诗发乎情,止乎礼义。"
> 此为诗之本也,未闻有临摹仿效之习也。古诗称陶
> 谢,而陶自有陶之诗,谢自有谢之诗。唐诗称李杜,
> 而李自有李之诗,杜自有杜之诗。人必有好奇绝险
> 伐山通道之事,而后有谢诗;人必有北窗高卧不肯折
> 腰乡里小儿之意,而后有陶诗;人必有流离道路每饭
> 不忘君之心,而后有杜诗;人必有放浪江湖骑鲸捉月
> 之气,而后有李诗。

所论是诗,其实这也正是他的词论。所以,说他"得南唐
二主之遗"或"殆叔原(晏几道)、方回(贺铸)之亚",⑩恐怕
不会被他本人所首肯。他力主创作应体现作者自己的个
性,示人以真性情。综观他的三百几十首词作,可以看出
他对自己的这一理论是身体力行的。下面这一首《长相
思》未见华丽的词藻,也不用生僻的典故,只是平常地道
眼前景,直率地抒胸中情,却能出色地用自己的感受来感
动读者:

山一程，水一程。身向榆关那畔行。夜深千帐灯。　风一更，雪一更。聒碎乡心梦不成。故园无此声。

又如下面两首《菩萨蛮》：

问君何事轻离别，一年能几团圞月？杨柳乍如丝，故园春尽时。　春归归不得，两桨松花隔。旧事逐寒潮，啼鹃恨未消。

晶帘一片伤心白，云鬟香雾成遥隔。无语问添衣，桐阴月已西。　西风鸣络纬，不许愁人睡。只是去年秋，如何泪欲流。

同样不事雕饰，只是流露内心的一片真情。纳兰性德也可以说是"少年哀乐过于人，歌泣无端字字真"，[52]他的真率自然，是那些但知规摹古人的俗子所无法企及的，也唯其如此，所以他的作品能拨动读者的心弦。

纳兰性德的词是以凄婉哀感著称的，晚清词学家谭献《箧中词》引周之琦语，说他的小令"格高韵远，极缠绵婉约之致"。总起来看，《饮水词》的确是以婉约为宗。前人所谓"簸弄风月，陶写性情，词婉于诗"，[53]历来词家以词赋情，大多力求婉丽，亦并不以诉愁说恨为讳，而能做到亦艳、亦悲、亦雅，熔《桃叶》《团扇》《防露》《桑间》于一炉的，唯"纳兰词则殆兼之，洵极诣矣"。[54]说纳兰性德的作

品是词家极诣,容或过情,但说他的写情之作能兼有艳丽、凄清、俊雅之美,则并非滥誉。我们看他的《河传》:

> 春浅,红怨。掩双环,微雨花间,昼闲。无言暗将红泪弹,阑珊,香销轻梦还。 斜倚画屏思往事,皆不是,空作相思字。记当时,垂柳丝,花枝,满庭蝴蝶儿。

一个又一个跳跃着的画面是那样地美丽,而浸润其间的却是一种淡淡的哀愁,雅致的语句更散发出不染纤尘的清气。再看这一首《清平乐》:

> 风鬟雨鬓,偏是来无准。倦倚玉阑看月晕,容易语低香近。 软风吹过窗纱,心期便隔天涯。从此伤春伤别,黄昏只对梨花。

上阕的秾艳,下阕的凄清,合为一体,互相映衬,增添了隽永的情味。

纳兰性德的词与同时其他宗奉婉约的词人的作品相比,情致更为缠绵,意境也更为深远。很重要的一个原因,即在于他擅长抒写委婉曲折的心情,而且每作进一步之想,表深一层之意。如:

> 催花未歇花奴鼓,酒醒已见残红舞。不忍覆余觞,临风泪数行。 粉香看欲别,空剩当时月。月也

异当时，凄清照鬓丝。

——《菩萨蛮》

上阕先写花开旋落，因叹好景不常，而为之感伤。下阕点明伤春流泪，其实是由于联想到别时情景。"粉香看欲别，空剩当时月"，本亦有意有致；照一般的写法，接下去应是感慨"当时月"依旧无恙，人已远隔两地。但他却偏说"月也异当时，凄清照鬓丝"。写愁人之眼，愁人之怀，真是曲尽其妙，意思也愈转愈深。又如游子思妇每求在梦中与恋人相会，"梦好莫催醒，由他好处行"（《菩萨蛮》），因为在梦境中可以得到安慰，聊解相思之苦；而纳兰性德又以倒提之笔来做反面文字：

无凭踪迹，无聊心绪，谁说与多情。梦也不分明，又何必、催教梦醒。

——《太常引》

好不容易与多情的她梦中团聚，有多少知心话要说啊！然而这模模糊糊的梦也竟然是那么短暂。"梦也不分明，又何必、催教梦醒"，这一叹问，何等凄然！而对离别之恨、相思之苦的抒发也随之更转深一层。再如这一首悼念亡妻的《浣溪沙》：

谁念西风独自凉，萧萧黄叶闭疏窗。沉思往事立残阳。　　被酒莫惊春睡重，赌书消得泼茶香。当时只道是寻常。

"沉思往事"本是悼亡之作题中应有之义，而此作追怀当初夫妇间爱情生活的欢乐，忽然笔锋一转，以"当时只道是寻常"作结，看似平淡，却有怀恋、有追悔、有悲哀、有怅惘，蕴藏着多少复杂的感情！

另一方面，纳兰性德也有跌宕雄奇的词作。如《金缕曲·赠梁汾》就是体现这种风格的代表作：

　　德也狂生耳。偶然间、缁尘京国，乌衣门第。有酒惟浇赵州土，谁会成生此意？不信道、遂成知己。青眼高歌俱未老，向尊前拭尽英雄泪。君不见，月如水。　　共君此夜须沉醉，且由他、蛾眉谣诼，古今同忌。身世悠悠何足问，冷笑置之而已。寻思起、从头翻悔。一日心期千劫在，后身缘恐结他生里。然诺重，君须记。

真是慷慨悲歌，激情横溢，如徐釚所说那样，"词旨嵚奇磊落，不啻坡老稼轩"。⑤再看这一首以"弹琴峡题壁"为题的《清平乐》：

　　泠泠彻夜，谁是知音者？如梦前朝何处也，一曲边愁难写。　　极天关塞云中，人随雁落西风。唤取红巾翠袖，莫教泪洒英雄。

既悲凉，又雄浑，笔力苍劲老到。即使是写离情乡思，也有其博大的意境：

> 万帐穹庐人醉，星影摇摇欲坠。归梦隔狼河，又被河声搅碎。还睡，还睡，解道醒来无味。

首二句被王国维所击节称赏，评为"千古壮观"。⑩意致深婉是纳兰词的当行本色，但在缠绵之词中也时见雄奇之语，像"落日万山寒，萧萧猎马还"，"冰合大河流，茫茫一片愁"，"塞马一声嘶，残星拂大旗"（《菩萨蛮》）等，都何尝是李后主、晏几道所能道？

康熙前期的词坛，朱彝尊和陈维崧是两大盟主。朱主婉约，陈主豪放。朱氏所作精工雅丽，但有时雕琢太盛，意旨也过于迂曲。陈氏所作锐气逼人，但有时一发无余，流于叫嚣。纳兰性德崛起于后，与朱、陈鼎足而三。他既能作致语，又能作豪语，兼有二派之长。他的"婉约"之作，较朱自然而多真意；他的"豪放"之作，较陈沉着而有余韵。把清初第一词人的桂冠戴到头上，他是当之无愧的。

甲子立夏　于北京蒲黄榆

【注释】

①⑭《蕙风词话》卷五。

② 徐乾学《通议大夫一等侍卫进士纳兰君墓志铭》言容若“初名成德，后避东宫嫌名改曰性德”，但其时皇太子名胤礽，二字都不与“成”字同音。检容若文集及其致友人手简，均自称“成生”、“成德”，康熙时其他朝士名有“成”字者也未见避改。所谓避东宫嫌名而改名一事似有可疑。

③《清实录·太祖朝》卷六。

④ 清制皇帝的侍卫只从上三旗（镶黄、正黄、正白）中选授，三等侍卫为正五品，比一般新进士所得之官阶位高得多。

⑤⑥⑦⑬㉛㊳㊵ 徐乾学《通议大夫一等侍卫进士纳兰君墓志铭》，见《通志堂集》附录。

⑧《饮冰室文集》卷七十七《〈渌水亭杂识〉跋》。

⑨《通志堂集序》。

⑩ 见《通志堂集》附录严绳孙、秦松龄所作《诔词》。

⑪㊻㊼ 见《通志堂集》附录严绳孙所作《哀词》。

⑫⑮㊹《通议大夫一等侍卫进士纳兰君神道碑文》，见《通志堂集》附录。

⑭㊱㊶《通议大夫一等侍卫进士纳兰君神道碑铭》，见《通志堂集》附录。

⑯ 曹寅《题楝亭夜话图咏》。

⑰(55) 徐釚《词苑丛谈》卷五。

⑱《北史·独孤信传》。

⑲ 原作“如人饮水，冷暖自知”，为唐代道明禅师之语，见《景德传灯录》卷四。后人多引作“如鱼饮水，冷暖自知”。

⑳㉑ 见榆园丛刻本《纳兰词》卷首《词评》。

㉒㉞ 叶恭绰《纳兰容若致张见阳手札书后》，见《矩园余墨序跋》第一辑。

㉓ 李勖《饮水词笺》自序。

㉔(54) 杨芳灿《纳兰词序》。

㉕ 吴绮《饮水词序》。

㉖ 李寿冈《纳兰词之谜》，见《湘潭大学学报》1979 年第三期。

㉗ 黄天骥《纳兰性德和他的词》第一章。

㉘ 纳兰性德夫妇墓志两方原被北京西郊某生产队办公室用作阶石，"文化革命"期间被发现。原石今藏首都博物馆。启功先生有录文。见《文史》第二十四辑。

㉙㉚ 叶舒崇《皇清纳腊室卢氏墓志铭》。

㉜ 见《通志堂集》附录顾贞观所作《祭文》。

㉝ 见《通志堂集》附录。

㉟ 见《通志堂集》附录秦松龄、姜宸英所作《祭文》。

㊲ 邓汉仪《题息夫人庙》诗。

㊴㊺《成容若遗稿序》，见《通志堂集》卷首。

㊷《纳兰性德致张见阳手简卷》胡献征跋，见《词人纳兰容若手简》。

㊸《纳兰性德致张见阳手简卷》秦松龄跋，见《词人纳兰容若手简》。

㊽ 见《通志堂集》附录。

㊿(56)《人间词话》。

(51) 谭献《箧中词》卷一。

(52) 龚自珍《己亥杂诗》句。

(53) 张炎《词源·赋情》。

目　　录

目录

忆 江 南

　　这是一阕闺情词,写女子在冬日黄昏思念久久不至的意中人时的幽怨之情。题材是习见的,内容并无新奇之处,但二十七字中有景有情,在读者面前展现了一幅风格清新的仕女画。

　　昏鸦尽,小立恨因谁?①
　　急雪乍翻香阁絮,轻风吹到胆瓶梅。
　　心字已成灰!②

【今译】

　　黄昏归巢的乌鸦全都飞过去了,
　　她悄然小立,满怀幽怨,
　　这是在恨哪一个呢?
　　突然飘降的雪花像柳絮一样在楼外翻舞,
　　轻轻吹入室内,触动了插在胆瓶中的梅花。
　　点燃的心字香已变成了灰烬!

【注释】

　　①“昏鸦”二句　小立:暂立。恨因谁:“因谁恨”的倒装。

②"急雪"三句　乍：忽然，骤然。　香阁：指女子所居的闺阁。东晋才女谢道蕴曾用"柳絮因风起"来比拟雪花翻飞，大得叔父谢安的赞赏。称雪为"香阁絮"即用此典。　胆瓶：长颈大腹，形如悬胆的花瓶。古人插梅多用胆瓶，如曾觌《点绛唇》词云："胆瓶高插梅千朵。"朱敦儒《绛都春·梅花》词亦云："便须折取，归来胆瓶顿了。"　心字：一种香，据说是因绕成心字形而得名。杨万里诗："送似龙涎心字香。"

　　按："心字已成灰"语带双关，既言香已燃尽，也暗指女子此时灰心失望、百无聊赖的情绪。

河 传

　　此作句短韵密,句型既富于变化,韵脚又再三变换,形成了一种急促的节拍。跳跃着的词句,勾出了一个又一个美丽的画面。这些画面如分开来看,是各自静止的;但用"春怨"这一中心串连起来,却有了动态,忽而是空间的转换,忽而是时间的推移,衔接巧妙,节奏分明。欣赏这样的作品,诗情、画意、乐感融合在一起,我们不禁要赞叹作者的匠心独运;同时,对不同门类艺术的相通之处也可有会于心了。

　　春浅,红怨。

　　掩双环,①微雨花间,昼闲。

　　无言暗将红泪弹,阑珊,②香销轻梦还。

　　斜倚画屏思往事,③

　　皆不是,空作相思字。

　　记当时,垂柳丝,花枝,满庭蝴蝶儿。

【今译】

　　春来未久,在愁人的眼中,

红色的春花似乎满怀幽怨。

门户紧闭,花丛中细雨廉纤,

闺中人长日无事,百无聊赖。

香已燃尽,她刚从短暂的梦境中醒来,

心灰意懒,默默无言,独自垂泪。

斜靠着精美的屏风回忆往事,

但回忆中的情景都不是眼前的实事,

只好白白地把"相思"二字写了又写。

想当时和他在一起,

垂柳拖丝,繁花满枝,

庭院中到处是翻飞的蝴蝶。

【注释】

①"掩双环"句　掩:关闭。　环:门环,此用以代指门扇。

②"无言"二句　红泪:《拾遗记》言魏文帝(曹丕)宫人薛灵芸入宫前告别父母,"歔欷累日,泪下沾衣。至升车就路之时,以玉唾壶承泪,壶则红色。……及至京师,壶中泪凝如血。"后人因称美女之泪为红泪。　阑珊:衰残。这里指意绪消沉、无精打采的样子。

③"斜倚"句　画屏:有画饰的屏风。

按:同样是春色,现在独处闺中,但觉"春浅,红怨",记当时与爱人相伴,则满眼都是勃发的生机。一首一尾,恰成对照。

如 梦 令

在落花满阶的清晨,作者与他所思恋的女子蓦地相逢,彼此眉目传情,却无缘交谈。从此,他的心情就再也不能平静了。此作言短意长,结尾颇为含蓄,风格与五代人小令相似。

正是辘轳金井,满砌落花红冷。①

蓦地一相逢,心事眼波难定。

谁省? 谁省? 从此簟纹灯影。②

【今译】

正是清晨井畔响起汲水声的时候,

满阶落花还带着夜晚的冷气。

突然同她不期而遇,匆匆对视,

她的心事就像她流转的眼波一样无法捉摸。

谁能理解她的意思啊,

谁能理解她的意思啊,

从此我夜来面对灯影,身印簟纹,

再也难以安眠了。

【注释】

①"正是"二句　辘轳(lù lú鹿卢)：置于井上的一种绞盘式的汲水器。　金井：围有精美栏杆的井。李璟《应天长》词："梦断辘轳金井。"又周邦彦《蝶恋花·早行》词："更漏将阑，辘轳牵金井。"　砌：台阶。

②"蓦地"五句　蓦地：突然，一下子。　眼波：喻女子目光流盼，如清澈流动的水波。　省：省识，明白。　簟(diàn店)纹：竹席的纹路。

中华聚珍文学丛书——纳兰词今译

减字木兰花

　　一个少女，与恋人蓦然相逢，既不肯轻易放过这一难得的倾诉衷肠的机会，又怕被人撞见，欲语不语，娇羞之态可掬。这是作者亲身经历的情事，他记下这动人的一幕，心中充满了柔情。

　　　相逢不语，一朵芙蓉着秋雨。①
　　　小晕红潮，斜溜鬟心只凤翘。②

　　　待将低唤，直为凝情恐人见。③
　　　欲诉幽怀，转过回阑叩玉钗。④

【今译】

　　　对面相逢，她默不作声，
　　　像刚被秋雨淋过的荷花一样娇俏。
　　　脸颊上泛起了淡淡的红潮，
　　　转头一瞥，鬟心的凤翘斜着滑了开去。

　　　她含情脉脉正要低唤，
　　　又怕钟情的样子被旁人窥见而不敢发声。

还是想一诉衷情,她转过回栏时

又特意取下玉钗敲出声响,示意让人跟上。

【注释】

①"相逢"二句　芙蓉:荷花的别称,古人每用以比喻美女之面。如《西京杂记》言卓文君"脸际常若芙蓉",白居易《长恨歌》亦以"芙蓉如面柳如眉"来形容杨贵妃。　着:附着,附上。

②"小晕"二句　晕:这里用作动词,是泛起的意思。　凤翘:一种凤状首饰,插戴于发前。周邦彦《南乡子·拨燕巢》词:"不道有人潜看着,从教,掉下鬟心与凤翘。"

③"直为"句　直:只不过、只是。　凝情:钟情。

④"欲诉"二句　幽怀:深深的情怀,衷情。　回阑:曲折的栏杆。　叩:敲。

按:上二句写欲语而终未语,此二句写不语而又欲语,刻画旧时恋爱中少女的情状,栩栩如生。

中华聚珍文学丛书——纳兰词今译

清　平　乐

　　从这一首《清平乐》中可以看出容若早年有过一段伤心的恋爱史。词中那位风鬟雨鬓前来赴约的少女,容若曾与之热恋,最终却有情人未成眷属。词上阕写二人月下并倚的柔情蜜意,下阕写重见无缘的满怀愁绪,前后恰成对照。虽是容若早期之作,却也明显具有"哀感顽艳"(陈维崧评纳兰词语)的特色。

　　风鬟雨鬓,偏是来无准。①
　　倦倚玉阑看月晕,容易语低香近。②

　　软风吹过窗纱,心期便隔天涯。③
　　从此伤春伤别,黄昏只对梨花。④

【今译】

　　看她鬓发散乱,匆匆忙忙的,
　　偏偏没有一个准时候,现在才来到。
　　疲倦了,一起靠在汉白玉的栏杆上仰看月晕,
　　自然而然地二人说话的声音越来越低,
　　　身体越挨越近。

就像一阵轻风吹过窗纱一样，

那无限美好的时刻已经逝去，

无限美好的情景已经消失，

纵使两心相许，但无缘再次欢聚，

仿佛各处天之一涯，而中间隔有千山万水。

从此我要为春光易逝，离愁难堪而无限伤心，

黄昏时刻只能独对一庭梨花，

　　领略那凄凉滋味。

【注释】

　　①"风鬟"二句　风鬟雨鬓：形容女子头发蓬松散乱，未加修饰。语出唐人小说《柳毅传》。

　　按：二句足见男方等得心焦，女方来得不易，显然这是一次幽期密约。

　　②"倦倚"二句　月晕：月亮周围环绕的光气。　语低香近：晏几道《清平乐》词："勾引行人添别愁，因是语低香近。"香指女子身上散发的香气。

　　③"软风"二句　软风：轻柔的风。　心期：原指朋友间两心互相期许，这里是恋人心心相印的意思。

　　④"从此"二句　伤春伤别：李商隐《杜司勋》诗有句云"刻意伤春复伤别"，此用其语。黄昏只对梨花：此袭用李甲《忆王孙》词"欲黄昏，雨打梨花深闭门"之意。

浪 淘 沙

所恋之人既不可即，又不可望，就只能去想、去梦了。在花落春瘦之时，容若不由自主地又深深思念，暗暗断肠，实在是无可奈何。

红影湿幽窗，①瘦尽春光。
雨余花外却斜阳，
谁见薄衫低髻子，还惹思量。②

莫道不凄凉，早近持觞。③
暗思何事断人肠？
曾是向他春梦里，瞥遇回廊。④

【今译】

落花带雨飘过，在窗户上留下了湿润的红影，
春光已是消瘦不堪了。
雨后，花丛之外却是斜阳悬天，
哪里能见到那个穿着薄薄衣衫、梳着低低
发髻的她啊，

又惹起了我无穷无尽的思念。

不要说这种景况不算凄凉，
只想早早地去举杯消愁。
我默默思忖，究竟是什么事情教人伤心
　断肠呢？
最难忘的是曾经在短暂的春梦之中，
　与她相遇在回廊上，有过匆匆的一瞥。

【注释】

①"红影"句　幽窗：精美的窗户。

②"雨余"三句　"还惹"一作"抱膝"。

按："谁见"句以反问的语气出之，即谓不曾见到。可能作者与所恋之女以前曾在斜阳花外相遇，所以现在看到同样的景色就触景生情。

③"早近"句　觞(shāng 商)：酒杯。

④"曾是"二句　他：这里用作指示代词，那个。　春梦：春日多睡易梦，春梦又短暂易醒，人多以"春梦"喻世事无定，好景不长。苏轼《正月二十日与潘郭二生出郊寻春》诗："人似秋鸿来有信，事如春梦了无痕。"　回廊：回旋曲折的走廊。

按："瞥遇回廊"，究竟是梦境，还是实有其事但因有所避忌而假托于梦，扑朔迷离，难以分辨。清末故老相传，容若有恋人被选入宫，遂成永隔，所以集中有些怀人之词似有难言之隐。此事今日已难以确考，只能存疑了。

摸 鱼 儿

送别德清蔡夫子

"夫子"是古代对老师的一种尊称。词题中的"德清蔡夫子",指容若乡试座主蔡启僔（zǔn 撙）。启僔字石公，号昆旸（yáng 阳），浙江德清人。康熙九年（1670）一甲一名进士及第，十一年任壬子科顺天乡试正考官。容若就在这一科考中了举人。根据科举时代的惯例，容若自居门生，把蔡当作老师。康熙十二年，有人劾奏顺天乡试录取副榜（正式录取名额之外，又取若干名）没有按规定给汉军旗人一定的照顾，蔡与副考官徐乾学因此都受到降一级调用的处分。蔡随即以侍奉老母为理由辞职归里。这首《摸鱼儿》就是蔡离京南归时容若送行之作。容若对他这位座主的为人和学问都很钦佩，而且怀着知遇之感。词中在对蔡表示同情和慰藉的同时，流露出对当政的衮衮诸公的不满以及对仕途风波的感慨。不平之气，跃然纸上。

问人生、头白京国，算来何事消得？①

不如耗画清溪上，蓑笠扁舟一只。

人不识。且笑煮鲈鱼，趁着莼丝碧。②

无端酸鼻。

向歧路销魂，征轮驿骑，断雁西风急。③

英雄辈，事业东西南北。

临风因甚成泣？

酬知有愿频挥手，零雨凄其此日。

休太息，须信道、诸公衮衮皆虚掷。④

年来踪迹。

有多少雄心，几番恶梦，泪点霜华织。

【今译】

问人生在世，奔逐于京都名利场中，
　　直到白发满头，
算起来有什么事情值得付出这样高的
　　代价呢？
倒不如回到故乡，在那景色如画的清溪上，
戴着箬笠，披着蓑衣，驾着一只小船，
　　自由自在地游荡。
别人也不会认识这是一位状元公。
且趁莼菜鲜嫩，笑着把它和鲈鱼一起脍煮。
可是我没来由地鼻子发酸，
对着分别的路口黯然销魂，

仿佛已看到先生骑马乘车，

在能把雁群吹散的强劲的西风中匆匆赶路。

英雄之辈志在四方，

无论东西南北都能做一番事业，

为什么要当风洒泪呢？

我早就有心愿要酬报先生的知遇之恩，

却只能在今天这个飘着冷雨刮着寒风的日子

　　里，频频挥手，为先生送行。

不必叹息了，要相信那些当权的大官，虽然一

　　个一个地登上高位，

但他们的荣华也转眼成空，种种心机都是

　　白费。

回顾近年来的经历，

曾经有过多少雄心，又做了多少次恶梦，

真是一路上都交织着泪点和霜花。

【注释】

①"问人生"二句　京国：京都。　消得：值得，抵得上。

②"不如"五句　罨(yǎn 掩)画清溪：浙江长兴县境内有溪名

罨画，风景极美，溪畔又有罨画亭。每逢春暖花开之时，游人纷集。

蔡启傅是浙江人,所以这里用罨画溪来借指他的家乡。罨画原意是杂色的彩画。   襄(suō梭)笠:襄指襄衣,是用草或棕编成的雨衣。笠指箬笠,是用竹叶或竹篾编成的宽边帽,用以御雨或遮阳。

扁舟:小船。   鲈(lú卢)鱼:产于沿海地区的一种鱼,肉味鲜美。   莼(chún纯)丝:莼菜的嫩枝。莼菜是一种多年生水草,可食用。《晋书·张翰传》记载吴人张翰在洛阳当官,一日秋风起,忽然想起故乡莼菜鲈鱼滋味之美,说道:"人生贵得适志,何能羁宦数千里以要名爵乎!"于是就弃官归里。后人因以"莼鲈之思"为弃官归隐之典。

按:罨画清溪、襄笠扁舟、鲈鱼莼丝,都是说隐居生活逍遥自在,用以安慰蔡启傅不必为宦途失意而烦恼。

③"无端"四句   无端:没端,没有理由地。   歧路:岔道路口。   销魂:此言由于极度悲痛愁苦,内心感情激荡,似乎魂灵离开了身躯。江淹《别赋》:"黯然销魂者,唯别而已矣。"   征轮:长途远行的车辆。   驿骑:由官办驿站供给的坐骑。   断雁:失群的雁。欧阳修《渔家傲》词:"风急雁行吹字断。"

④"零雨"三句   零雨:落雨。《诗·鄘风·定之方中》:"灵雨既零。"毛亨传:"零,落也。"   凄其:寒冷。《诗·邶风·绿衣》:"凄其以风。"   太息:长长地叹气。   诸公衮(gǔn滚)衮:诸公,指那些有权有势的大官。衮衮,本指接连不断,又有繁多的意思。杜甫《醉时歌赠广文博士郑虔》:"诸公衮衮登台省。"   虚掷:空抛,此谓一切心机都成白费。

寻 芳 草

萧 寺 纪 梦

　　容若夤为侍卫,经常入值宫禁或扈从出巡,饱尝不得与爱妻团聚的别离之苦,因此离情别思之作在《纳兰词》中占了很大的比重。这一阕《寻芳草》写因思念而梦归,然而梦中来去匆匆,未能惬意。这在一定程度上正反映了平时生活中的缺憾。结尾言梦醒时伊人不见、独对佛灯一盏,境界空寂,似乎有佛家色空之说的折光。

　　词题作"萧寺纪梦",萧寺即佛寺。南朝梁武帝萧衍笃信佛教,建造了许多寺院,又往往命人在所建的寺院的壁上大书一"萧"字。后人称佛寺为萧寺,由此。

　　　客夜怎生过? 梦相伴、绮窗吟和。①
　　　薄嗔佯笑道,若不是恁凄凉,肯来么?②

　　　来去苦匆匆,准拟待、晓钟敲破。③
　　　乍偎人、一闪灯花堕,却对着琉璃火。④

【今译】

　　　客中之夜怎捱过?

梦里与她在家中华美的窗下吟诗唱和。

她带怒装笑问道：

要不是在外面这样地凄凉,你肯来吗?

才来不久,又要离去,

实在是过于匆忙,

我打算着,也等待着这好梦被晓钟敲破。

她忽然依偎过来,

灯影一闪,灯花落地——醒来却是面对着

一盏佛灯。

【注释】

①"客夜"二句　怎生:怎样,如何。　绮窗:雕画精美的窗户。

②"薄嗔"三句　嗔:怒,生气。　佯:假装。　恁:如此,这般。

③"来去"二句　苦:甚、极、过于。　准拟:打算着,算定了。

④"乍偎人"二句　乍:突然。　灯花:油灯灯芯余烬爆落,如同花形,称为灯花。　琉璃火:佛前供奉的油灯,因用琉璃作盏,故云。

中华聚珍文学丛书—纳兰词今译

浣 溪 沙

西郊冯氏园看海棠因忆香严词有感

词题中提到的《香严词》，是龚鼎孳的词集。张任政《纳兰性德年谱》言"龚尝有《蓦山溪》'重来门巷，尽日飞红雨'二句，为当时所传诵。观容若此词，似不胜重来之感。云'忆《香严词》'未知何指"。今按：容若云"忆《香严词》"，当是指《罗敷媚·朱右军司马招集西郊冯氏园看海棠》阕（见附录）。龚词是写盛开枝头的海棠，意谓以垂暮之年对此嫣红，不胜白发红颜之感，因而自伤老大。容若此作则是写飘落风中的海棠，意谓红颜亦自无常，因叹青春易逝，情调更为颓伤。王鸿绪评为："柔情一缕，能令九转肠回，虽山抹微云君（指北宋词人秦观，'山抹微云'是秦的名作《满庭芳》的首句）不能道也。"

西郊冯氏园，原址在今北京广安门外小屯。主人冯姓，精于园艺，自清初至清末，累世相传。

谁道飘零不可怜？旧游时节好花天。
断肠人去自今年。①

一片晕红疑着雨，晚风吹掠鬓云偏。
倩魂销尽夕阳前。②

【今译】

　　谁说风中飘零的海棠不值得同情？

　　上次来游的时候，正是春光明媚的艳阳天，

　　那海棠烂漫枝头，灿若云霞，

　　现在却凋零不堪，如同断肠人一样从此

　　　沦落天涯。

　　那一片红色就像被水化开似的由深而浅，

　　使人怀疑是刚刚淋上了雨。

　　晚风掠过，朵朵海棠向一方倾侧，

　　就像女子柔美的鬓发在风中偏斜。

　　而落花片片，终于在夕阳影中魂断香消了。

【注释】

　　①"断肠"句　"今年"一作"经年"。　断肠人：指心有创痛的失意之人。

　　②"一片"三句　"疑"一作"才"。　"晚风吹掠鬓云偏"一作"几丝柔柳乍和烟"。　晕红：由深而浅，模模糊糊地逐渐化淡的红色。　着雨：带雨。　鬓云：喻女子柔美的鬓发如同云彩一般舒卷。　倩魂：唐人陈玄祐的小说《离魂记》记张镒女倩娘与表兄王宙相恋。张镒将女别许他人，王宙不得已，乘船离去，半夜忽然情

娘赶来，两人遂私奔远地。五年后已生二子，夫妇同归，王宙先拜见张镒说明情况，请罪谢过。张镒大惊，说倩娘五年来，一直昏迷不醒，未出闺门一步。倩娘后至，室中病女自起出迎，两女相见，合为一体。原来追上王宙，与他结合并生子的是倩娘的灵魂。后人遂把倩女离魂用作少女情死的典故。此则以倩魂比喻落花。

附：龚鼎孳《罗敷媚》一首

朱右君司马招集西郊冯氏园看海棠

今年又向花间醉，

薄病探春，火齐才匀，恰是盈盈十五身。

青苔过雨风帘定，

天判芳辰，莺燕休嗔，白首看花更几人。

龚鼎孳：字孝升，安徽合肥人。明崇祯进士，后降清，康熙间官至礼部尚书，是当时文坛领袖之一。　朱右君司马：朱之弼，字右君，福建延平人。康熙间曾官至兵部尚书。　司马：指大司马，兵部尚书的别称。　火齐：玫瑰色的珠状宝石。此喻海棠之色。判：判与，给予。　芳辰：良辰，美好的时节。

江　城　子

　　此词《通志堂集》卷六录之，有题，作"咏史"；而他本多无此题。据词的内容看来，所咏与史事了无干涉，原题疑是误加，今不取。

　　词中用了巫山神女的典故，但容若生平行履，未到过三峡一带，当是在别处遇上了欲雨不雨的天气，望着遮掩在浓云密雾中的群峰，联想到那位"旦为行云，暮为行雨"的神女，又联想到自己过去的恋人和情事，感而赋此。全词语意迂曲，使人有"影凄迷，望中疑"的感觉，可能作者有难言之隐，所以采取这种表现手法。

　　湿云全压数峰低，影凄迷，^①望中疑。
　　非雾非烟，神女欲来时。^②
　　若问生涯原是梦，^③除梦里，没人知。

【今译】

　　那些山峰似乎全都被充满雨意的云层压
　　　　低了，
　　山影模模糊糊，望上去若有若无。
　　不是雾，也不是烟，

迷迷濛濛,正是神女即将降临时的情景。

若要问起神女生涯究竟如何,那本来是一场
　梦而已,

除了在梦境中,是没有人能参透的!

【注释】

　①"湿云"二句　湿云:湿度极大的云。　凄迷:迷茫。
　②"非雾"二句　神女:指巫山神女,据说是赤帝的女儿瑶姬。
宋玉《高唐赋》记楚襄王游云梦台馆,梦见一女子并与之欢会,那女
子自称巫山之女,"旦为行云,暮为行雨"。
　按:此二句似暗用白居易《花非花》词意:"花非花,雾非雾。夜
半来,天明云。来如春梦不多时,去似朝云无觅处。"
　③"若可"句　生涯:生活。李商隐《无题》诗:"神女生涯原是
梦,小姑居处本无郎。"

金 缕 曲

赠 梁 汾

　　此首为题顾贞观《侧帽投壶图》作。顾字华峰,号梁汾,江苏无锡人,是当时著名文士。康熙十五年顾应容若父明珠之聘,为纳兰家西宾。容若与之一见如故,遂为莫逆之交。此词顾有和作,附注称:"岁丙辰(1676),容若年二十有二,乃一见即恨识余之晚。阅数日,填此曲为余题照。极感盛意,而私讶'他生再结',语殊不祥。何竟为乙丑五月之谶也,伤哉!"纳兰词是以凄婉缠绵著称的,这一首却明快跌宕,体现了另一种风格。作者不矜门第,惟求知己的渴望发自肺腑,读起来相当感人。徐釚《词苑丛谈》评为"词旨嵚崎磊落,不啻坡老、稼轩",并说此词一出,"都下竞相传写"。

德也狂生耳。

偶然间、缁尘京国,乌衣门第。①

有酒惟浇赵州土,谁会成生此意?②

不信道、遂成知己。

青眼高歌俱未老,③向尊前拭尽英雄泪。

君不见,月如水。

共君此夜须沉醉,

且由他、蛾眉谣诼，④古今同忌。

身世悠悠何足问，冷笑置之而已。

寻思起、从头翻悔。

一日心期千劫在，后身缘恐结他生里。

然诺重，⑤君须记。

【今译】

我不过是一个性情疏放、不拘小节的书生

　　罢了，

由于命运偶然的安排，

出生在富贵之家，奔走于京都名利场中，

蒙受世俗尘污的侵染。

有酒只肯祭奠平原君，

谁能理解我这种心情呢？

真教人难以相信啊，竟然遇到了你，就此结为

　　知己。

你我志趣相投，慷慨高歌，都还未老，

对着酒杯，揩尽了英雄热泪，大有可为。

你没有看见吗？正是月光如水，夜色凄清的

　　时候。

我同你今夜要痛饮沉醉，

任凭他人造谣中伤；

小人妒贤忌能，原是古今一辙啊！

身世之感，渺茫悠远，不值一提，

我们冷笑一声，置之不理罢了。

如再从头想起，不免又要后悔感叹。

你我一朝互相期许，交情永远不变，

即使历尽千劫依然存在。

身后的缘份，恐怕到来生仍会继续下去。

朋友以信义为重，答应了的就一定做到，

你要记住啊。

【注释】

①"德也"三句　德：作者自称。　狂生：《后汉书·仲长统传》："统性俶傥，敢直言，不矜小节，默语无常，时人或谓之狂生。"缁(zī资)：黑色。陆机《为顾彦先赠妇》诗："京洛多风尘，素衣化为缁。"　京国：京城。　乌衣门第：东晋时大贵族王导、谢安居于建康(今南京)乌衣巷，其子弟喜穿乌(黑色)衣，时称"乌衣郎"，后人因以"乌衣门第"指贵族世家。

②"有酒"二句　李贺《浩歌》："有酒惟浇赵州土，买丝绣作平原君。"平原君为战国时赵惠文王之弟赵胜，平生喜交宾客，能救人急难。　成生：作者自称，容若原名成德。

③ "青眼"句　青眼：黑眼珠。《晋书·阮籍传》说阮籍能作青白眼，对礼俗之士白眼相加，对志同道合的人才视以青眼。杜甫《短歌行赠王郎司直》："青眼高歌望吾子，眼中之人吾老矣。"作者在此翻用了杜诗语意。

④ "且由"句　蛾眉：女子长而美的眉，也用以指美貌的女子。谣诼（zhuó浊）：造谣诽谤。《离骚》："众女嫉余之蛾眉兮，谣诼谓余以善淫。"

⑤ "一旦"三句　心期：同心之人，两相期许。《南史·向柳传》："柳曰：'我与士逊（颜峻）心期久矣，岂可一旦以势利处之？'"劫：佛经以天地形成一次、毁灭一次为一劫。　后身：来世转胎之身。　然诺：许诺。

金 缕 曲

简梁汾，时方为吴汉槎作归计

吴汉槎即吴兆骞（qiān 千），江苏吴江人，早负才名，与顾梁汾交好。顺治十五年（1658）在丁酉江南科场案中受到牵连，被流放到宁古塔（今黑龙江宁安）。康熙十五年（1676）末，顾梁汾填了两首《金缕曲》寄给吴汉槎，感情真挚，语意沉痛，传诵一时。容若见后深受感动，答应竭尽全力营救吴汉槎入关，五年后终于实现了这一诺言。此事一直被人们所艳称，传为词林佳话。容若此作是在为吴汉槎入关一事奔走时填写的。词意充满了对受到清王朝文化高压政策迫害的汉族知识分子的同情。这种感情出现在一个满族贵公子身上，难能可贵。词是寄给顾梁汾的，而宛转反复，痛快淋漓，情真意切。在沉痛中蕴蓄着悲愤，显然是受到顾氏原唱的影响。

洒尽无端泪。

莫因他、琼楼寂寞，误来人世。①

信道痴儿多厚福，谁遣天生明慧？

就更着、浮名相累。②

仕宦何妨如断梗，只那将声影供群吠。

天欲问，③且休矣。

情深我自捹憔悴。

转丁宁、香怜易爇，④玉怜轻碎。

羡煞软红尘里客，一味醉生梦死。⑤

歌与哭、任猜何意。

绝塞生还吴季子，⑥算眼前此外皆闲事。

知我者，梁汾耳。

【今译】

流尽了没来由的眼泪，

愿才人不要因为天上寂寞，

就错误地来到人世。

真个是痴人反多厚福，

谁教他天生聪明灵慧的呢？

更何况又受到尘世虚名的牵累。

宦海浮沉，本是身不由己，何妨如同断梗
　　飘转，

只是那里甘心将自己的形迹供人捕风捉影、
　　不察真伪地诬陷攻讦？

要向老天问个究竟，咳，还是算了吧。

我自多情,拚了为感情翻腾而痛苦、憔悴,

但转而要再三告诫的是:美好的事物经不起
　磨折,可怜香易烧尽,玉易跌碎。

可羡的倒是繁华场中的征名逐利之徒,

只知道醉生梦死,反而不会有什么烦恼痛苦。

我忽而高歌、忽而痛哭,

其意任凭世人去猜测议论。

要从极远的边塞救回吴汉槎,

眼前除了此事以外,其它的闲事都不放在我
　心上。

能了解我的,只是你梁汾一人罢了。

【注释】

①"莫因"二句　琼楼:月中宫殿,又泛指天宫仙阙。苏轼《水调歌头·中秋》词:"我欲乘风归去,又恐琼楼玉宇,高处不胜寒。"此反用其意。唐贺知章称李白为"谪仙人",后人也往往将才人比为上天谪仙,故此以仙人下人世作比。

②"信道"三句　遣:使、教。　着:附着,附上。　浮名:虚名。

按:容若《水龙吟·题文姬图》词亦云:"怪人间厚福,天公尽付,痴儿骏女!"可参看。

③"仕宦"三句　断梗:断枝,指微贱之物,又喻飘流不定。声影供群吠:东汉时谚语有"一犬吠形,百犬吠声",言一犬见形而

吠，群犬虽无所见，亦随声乱吠。见王符《潜夫论·贤难》。 天欲问："欲问天"的倒装。

④"情深"二句 挤：同"挤"，舍弃，不顾一切。 丁宁：屡屡叮嘱。 爇（ruò 若）：焚烧。

⑤"羡煞"二句 羡煞：羡慕之极。 软红尘：指繁华的闹市。苏轼《次韵蒋颖叔钱穆父从贺景灵宫》诗："软红犹恋旧车尘。"自注："前辈戏语有'西湖风月，不如东华软红香土'。" 一味：专一于某事。 醉生梦死：喻昏昏沉沉，糊里糊涂地生活。

⑥"绝塞"句 绝：僻远。 吴季子：春秋时吴公子季札又称延陵季子。汉槎有二兄，又正姓吴，所以称他为吴季子。

附：顾贞观《金缕曲》二首

寄吴汉槎宁古塔，以词代书，丙辰冬 寓京师千佛寺冰雪中作

季子平安否？便归来、平生万事，那堪回首。行路悠悠谁慰藉，母老家贫子幼。记不起、从前杯酒。魑魅搏人应见惯，总输他覆雨翻云手。冰与雪，周旋久。 泪痕莫滴牛衣透。数天涯、依然骨肉，几家能够？比似红颜多命薄，更不如今还有。只绝塞、苦寒难受。廿载包胥承一诺，盼乌头马角终相救。置此札，君怀袖。

我亦飘零久。十年来、深恩负尽，死生师友。宿昔齐名非忝窃，试看杜陵消瘦，曾不减、夜郎僝僽。薄命长辞知己别，问人生到此凄凉否。千万恨、从君剖。　　兄生辛未吾丁丑。共些时、冰霜摧折，早衰蒲柳。词赋从今须少作，留取心魂相守。但愿得、河清人寿。归日急翻行戍稿，把空名料理传身后。言不尽，观顿首。

虞 美 人

为 梁 汾 赋

容若以词名家,临终时犹有"性喜作诗余,禁之难止"(见徐乾学《通志堂集序》)之语。虽然享年不永,但留给后世的三百四十多首词作,精力所萃,大有可观。况周颐说他"适承元明词敝甚,欲挂尊斫道,一洗雕虫篆刻之讥"(《蕙风词话》卷五)。在这方面,顾梁汾与之志同道合。二人交谊最深、酬唱最多,所作词也风格略同,当时齐名。这首《虞美人》即是为梁汾赋,表示了不慕荣利,不负故我,淡泊自守的信念,以及继承发展词学传统,在词坛自张一军的决心。

凭君料理《花间》课,①莫负当初我。

眼看鸡犬上天梯,

黄九自招秦七共泥犁。②

瘦狂那似痴肥好,判任痴肥笑。③

笑他多病与长贫,

不及诸公衮衮向风尘。④

【今译】

请你好好安排填词的功课,

不要辜负故我，违背自己一向的志愿。

眼看别人争逐于名利场，拼命追求富贵，

一人得道，鸡犬升天。

你和我却像是黄庭坚招引秦少游，

宁愿一起因为填写艳词而下地狱。

瘦狂哪里能像痴肥那样好呢？

我俩也只好听凭那些既痴又肥的人的嘲

　　笑了。

他们会笑我们一个多病，一个长贫，

比不上他们奔逐在名利场上可以享受荣华

　　富贵。

【注释】

①"凭君"句　凭：请。　料理：安排、整理、发遣。《花间》课：指倚声之学，填词。《花间》谓《花间集》，是五代后蜀赵崇祚所编的唐五代作家的词集。所收作品多写闺情离思，风格婉约靡丽，对后世词家影响很大。课：功课、日课。

②"眼看"二句　鸡犬上天梯：据《神仙传》记载，汉淮南王刘安修炼成仙，家中的鸡犬都跟着他上了天。此处是以"鸡犬"指爬上高位的卑污庸劣之徒。　黄九秦七：北宋词人黄庭坚行九，人称"黄九"；秦观行七，人称"秦七"。二人所作词内容多涉男女情爱。此处容若把梁汾比作"黄九"，而以"秦七"自比。　泥犁：梵语"地

"狱"的音译。陈善《扪虱新话》:"鲁直(黄庭坚字)初好作艳歌小词,道人法秀谓其以笔墨诲淫,于我法当堕泥犁之狱。"

③"瘦狂"二句　瘦狂痴肥:语出《南史·沈昭略传》,传称沈昭略曾经醉逢王约,"张目视之曰:'汝是王约邪?何乃肥而痴!'约曰:'汝沈昭略邪?何乃瘦而狂!'昭略抚掌,大笑曰:'瘦已胜肥,狂又胜痴。'"瘦狂谓身形消瘦而又不拘礼节,狂妄自傲。痴肥谓脑肥肠满,饱食终日,无所用心。　判任:甘愿任凭。判同"拚"。

④"笑也"二句　笑他:这里作者从旁观者的角度立言,所谓"他",实是指自己一方。　诸公衮衮:见前《摸鱼儿·送别德清蔡夫子》注。　风尘:此暗喻污浊纷扰的仕宦生活。

一　络　索

长　城

　　古来诗人词客过长城而发思古之幽情者多矣，所作大多以指责秦始皇的暴政为言。容若此首词思山海翻覆，见城垣依旧，因发"毕竟为，谁家筑"的感叹；立意虽未能尽脱前人的窠臼，而着眼于历史的沧桑变化，多少翻出了一些新意。

　　　野火拂云微绿，①西风夜哭。
　　　苍茫雁翅列秋空，
　　　忆写向，屏山曲。②

　　　山海几经翻覆，女墙斜矗。③
　　　看来费尽祖龙心，④
　　　毕竟为，谁家筑！

【今译】

　　　闪着幽暗绿光的鬼火飘向云际，
　　　在西风声中，似乎听得见鬼魂夜哭。
　　　苍远迷茫的秋空中排列着雁阵，

使人回忆起描绘在屏风上的图画。

人世经历了多少次翻覆变化，
长城上的女墙依然矗立。
看来当初真是费尽了秦始皇的心机，
但长城终究未能保住秦朝的天下，
这毕竟是为谁家而筑啊！

【注释】

①"野火"句　野火：磷火。尸骨中的磷化氢在空气中会自动燃烧，发出绿光。旧时迷信以为是鬼所点的火，称之为鬼火。拂：掠过。

②"屏山"句　屏山曲：屏风曲折处。屏风直立如山，故称屏山。

③"山海"二句　山海：此指人世沧桑。　女墙：城上的小墙。　矗（ㄔㄨˋ触）：直立。由下上视，高处的物体每有倾斜感，故云斜矗。

④"看来"句　祖龙：指秦始皇。《史记·秦始皇本纪》"（三十六年）秋，使者从关东夜过华阴平舒道，有人持璧遮使者……因言曰：'今年祖龙死。'"裴骃集解引苏林曰："祖，始也；龙，人君象。谓始皇也。"

诉 衷 情

　　此词写思妇春日无聊的情状。虽然着墨不多,但形象生动,呼之欲出。

　　　冷落绣衾谁与伴? 倚香篝。①
　　　春睡起,斜日照梳头。
　　　欲写两眉愁,休休!
　　　远山残翠收,②莫登楼。

【今译】

　　　冷清清地独拥绣被有谁作伴呢?
　　　春睡起来,靠着熏笼,在夕阳斜晖中梳头。
　　　远山似乎带着愁态,
　　　打算按那种模样画成双眉。
　　　咳,还是算了吧!
　　　天色昏暗,远山残剩的翠色已看不见,
　　　　不必再登楼远望了。

中华聚珍文学丛书——纳兰词今译

【注释】

①"倚香篝"句　香篝：熏笼，即罩在熏炉上的笼子。熏笼除可烘干衣物外，又每用以熏香，所以称作香篝。

②"欲写"三句　写：这里是画的意思。　休休：感叹语，犹言罢了。　两眉、远山：古人每以远山比拟女子所画的双眉。

按：《西京杂记》言卓文君"眉色如望远山，时人效画远山眉"。所以这里把"欲写两眉"和"远山残翠"联系起来写。欲作愁眉，则正表明心怀离愁，切合思妇的感情。

菩 萨 蛮

　　在寒风凛冽的冬夜,一位少妇怀念军中的丈夫,并为之梦魂萦回,忽而仿佛重现了夫妇在一起时花好月圆的良辰美景,忽而又恍惚身去边塞,寻找日夜思念的他……这又是一阕写思妇之情的词。这类题材的作品容易流于纤弱,但容若此作,用"塞马一声嘶,残星拂大旗"这样刚劲的句子作结,出人意想,自有其独到之处。

　　　朔风吹散三更雪,倩魂犹恋桃花月。①
　　　梦好莫催醒,由他好处行。

　　　无端听画角,枕畔红冰薄。
　　　塞马一声嘶,残星拂大旗。②

【今译】

　　　北风吹散了夜半飘落的雪花,
　　　她的梦魂还留恋着春夜美好的月色。
　　　她正做着好梦,不要催她醒来,
　　　且由她在梦境中进入美妙的境界。

中华聚珍文学丛书——纳兰词今译

无缘无故地忽然听见响起了画角，

梦境中的她因无法见到所思念的人而伤心

　　起来，

不觉枕畔的眼泪已结成了薄薄的一层冰。

那达塞的战马一声嘶叫，

数点残星掠过招展着的大旗，

心上的人儿与将士们一起又要出征了。

【注释】

　①"朔风"二句　朔风：北风。　倩魂：见前《浣溪沙·西郊冯氏园看海棠因忆香严词有感》注，此指女子的梦魂。　桃花月：春夜之月。

　按：她之所以恋恋不忘"桃花月"，当是因为春天丈夫正在身边，那时有团聚之乐，无别离之苦。

　②"无端"四句　无端：没来由，无缘无故地。　画角：古代军中使用的一种管乐器，用竹木皮革或铜制作，形似竹筒，上粗下细，外加彩绘，其声哀厉高亢，用以警昏晓、振士气。　红冰：《开元天宝遗事》言杨玉环被召入宫，"与父母相别，泣涕登车，时方寒，泪结为红冰"。　塞马：边塞地区军中的战马。　嘶：马叫。　残星：残存的晓星。

踏 莎 行

　　为何有人不解欣赏大好春光，偏偏掩屏独睡？原来正是春色撩动了春情，使她陷入了相思的苦闷之中。此作写春景如画，摹春怨如见，清丽凄婉。这是纳兰词的当行本色。

　　春水鸭头，春山鹦嘴，
　　烟丝无力风斜倚。①
　　百花时节好逢迎，可怜人掩屏山睡。②

　　密语移灯，闲情枕臂，
　　从教酝酿孤眠味。③
　　春鸿不解讳相思，映窗书破人人字。④

【今译】

　　春水绿得像野鸭的头，
　　春山红得像鹦鹉的嘴，
　　笼罩在雾霭中的柳丝无力地飘荡，
　　似乎斜靠在春风身上。
　　在这百花盛开的时节，

中华聚珍文学丛书——纳兰词今译

应该迎进这大好春光，

可怜她却掩上屏风独自闷睡。

移灯窗下，细声密语，

卧床上，以臂代枕。回忆着往日两人在一起

　　时的种种情事，

任凭自己把孤眠独宿之苦慢慢体味。

春雁不知道在为相思而苦的人面前应该有所

　　避忌，

故意要触动人的心事，

它们排成人字阵在窗外飞过，

影子落在窗纸上，好像在把"人人"二字写了又写。

【注释】

①"春山"二句　"春山"一作"春衫"。　　烟丝：烟雾中的柳
丝。杨巨源《折杨柳》诗："水边杨柳麹烟丝。"　　风斜倚："斜倚风"
的倒装。韩偓《春尽日》诗："柳腰入户风斜倚。"

②"百花"二句　好：这里是便于、合宜的意思。　　屏山：见
前《一络索·长城》注。

③"密语"三句　密语移灯：此用吴文英《玉烛新》词"移灯私
语西窗逗"之意。　　从教：听任，任凭。　　酝酿：原意是造酒。这
里是指孤眠时的凄凉滋味像发酵那样越来越浓。

④"映雪"句　人人：对所爱之人的昵称，为宋时俗语。辛弃疾
《寻芳草》词："那堪被、雁儿调戏。道无书、却有书中意，排几个人人字。"

踏　莎　行

四三

南 乡 子

　　这首《南乡子》是闺人伤别之词,虽然着墨不多,却十分传神,颇有动人之处。词中描写不愿丈夫远行的少妇到临别之时低头垂泪,又摘取红豆为赠,情状可爱可怜。"人去似春休,厄酒曾将酹石尤"二句刻画无可奈何而又不切实际地希冀万一的心理,更是生动真切。

　　　　烟暖雨初收,落尽繁华小院幽。①
　　　　摘得一双红豆子,低头。
　　　　说着分携泪暗流。②

　　　　人去似春休,厄酒曾将酹石尤。③
　　　　别自有人桃叶渡,扁舟。
　　　　一种烟波各自愁。④

【今译】

　　　　雾气带着暖意,细雨刚刚停住,
　　　　花已落尽,小院中一片幽静。
　　　　摘下了一对相思子,赠给即将远行的人,

中华聚珍文学丛书——纳兰词今译

说起马上就要分别，不禁低着头暗自流泪。

那人离去了，就像春光不可挽留一样。
闺中人当初曾经用一杯酒祭奠过石尤风，
希望它能阻止客船前进，看来未必能如愿。
江边渡口另有为亲人送行的人，
眼看一只只小船驶入烟波渐渐远去，
恐怕也各自都怀着别离的愁苦。

【注释】

①"落尽"句 繁华：盛开的花。

②"撷得"三句 红豆子：即相思子，相思木所结的子。色红，大如豌豆。古人每把它当作爱情或相思的象征。王维《相思》诗："红豆生南国，秋来发几枝？愿君多采撷，此物最相思。" 分携：分离、离别。

③"卮酒"句 卮(zhī 支)：古代的一种盛酒的器皿。酹(lèi 泪)：祭奠时以酒浇地。 石尤：指石尤风，即逆风，打头风。据《江湖纪闻》记载，古有石氏女嫁尤郎为妻，尤远出经商，久久不归，石氏思之成疾而亡，临终长叹曰："吾恨不能阻其行，以至于此。今凡有商旅远行，吾当作大风，为天下妇人阻之。"后人因把行船时遇到的打头逆风叫做石尤风。

④"别自"三句 桃叶渡：南京市秦淮河畔的一个渡口，相传因晋王献之在此作歌送其爱妾桃叶渡江而得名。此处当是泛指渡口。 扁舟：小舟。 烟波：水气蒸腾，雾霭苍茫的水面。 一种：一样，同样。

菩 萨 蛮

回　文

　　这是一阕回文词，每句都颠倒可诵，一句化为两句，两两成义有韵。回文作为诗词的一种别体，历来不乏作者，但要做到字句回旋往返，屈曲成文，并不是容易的事。有些人把这当作文字游戏，不免因辞害义，以至文理凝涩，牵强难通，结果是欲显聪明，反而给人以捉襟见肘的感觉。容若此作虽然并无特别值得称颂之处，但清新流畅，运笔自如，在同类作品中自属佼佼者，故录之以备一格。

　　雾窗寒对遥天暮，暮天遥对寒窗雾。
　　花落正啼鸦，鸦啼正落花。

　　袖罗垂影瘦，瘦影垂罗袖。
　　风剪一丝红，红丝一剪风。^①

【今译】

　　雾中的窗户带着寒意正与远天的暮色相对，
　　满天暮色又正遥对一窗寒雾。

中华聚珍文学丛书——纳兰词今译

花落时啼鸦声声,鸦啼时落花朵朵。

罗袖垂影,瘦削可怜,
瘦削的身影又正罗袖低垂。
轻风吹过,似乎剪出一丝红痕,
那闪现的红痕一丝,又正显得轻风似剪。

【注释】

① "红丝"句　红丝:此"红"当指窗中罗袖之色。

菩
萨
蛮

唐多令

雨 夜

　　此词题为"雨夜",实写思妇伤春怀远。雨丝、苔痕,烘托出一种凝重寂寞的气氛。从黄昏到夜半,孤独的她听风听雨,触目成恨。好不容易入梦了,梦魂飞度关山,来到丈夫戍守的边地,偏偏"才识路,又移军",要找的人又离开了那个地方。这一个不出闺中的少妇居然在梦中找出一条通往边远的塞外的道路,想必做过无数次飞向边境的梦,又在梦境中进行了无数次的摸索。然而这历尽千辛万苦的梦魂仍未能见到朝思暮想的人。相思之深,离情之苦,在此被表现得淋漓尽致。"才识路、又移军"两句与唐人张仲素的诗句:"欲寄征人问消息,居延山下又移军"(《秋闺思》)相比,可以说是青出于蓝而胜于蓝。

　　丝雨织红茵,苔阶压绣纹。①

　　是年年、肠断黄昏。

　　到眼芳菲都惹恨,那更说,塞垣春。②

　　萧飒不堪闻,残妆拥夜分。

　　为梨花、深掩重门。③

　　梦向金微山下去,④才识路,又移军。

中华聚珍文学丛书——纳兰词今译

【今译】

丝丝细雨打在满地落花上,好像在编织红色
　的地毯,
长着苔藓的台阶如同压上了一层精美的花纹。
一年又一年,每到黄昏时刻,最教人无限伤心。
春日的花草入眼都成了触发离愁别恨的
　东西,
更不要提春色也已经到了边塞。

风声凄切,真是无法忍受,
夜半时分独持残妆,
因为不忍看见梨花经受风吹雨打的磨折,
掩上了层层门户。
梦魂要飞到他戍守的地方去,
刚认清了路,
偏偏他所在的那个部队已经移防了。

【注释】

①"丝雨"二句　红茵:铺地如茵的落花。茵:铺垫用的织

物,如地毯、褥子之类。　绣纹:像刺绣一样华丽精美的花纹。王彦泓《感旧游》诗:"坏墙风雨绣苔纹。"

②"到眼"三句　芳菲:芬芳的花草。　塞垣:长城,边塞地区。

③"萧飒"三句　萧飒:同"萧瑟",树木被风吹拂时发出的声音,在愁人耳中每每有寂寞凄凉感。　残妆:残余之妆。古时女子晨起晓妆,梳洗打扮,戴上各种装饰品,至晚临睡前则卸妆。残妆指尚未完全卸妆时的状态。　拥:持有。　夜分:夜半。　重门:一重重的门。戴叔伦《春怨》诗:"金鸭香消欲断魂,梨花春雨掩重门。"

④"梦向"句　金微山:即今阿尔泰山,唐初曾在金微山一带设金微都督府,派兵戍守。此以"金微山"泛指边塞地区。

秋 千 索

《秋千索》这一调名词谱不载，或是容若自度曲，而取此作上阕末句为名。

这首词咏的是少妇春愁：白天帘幕半垂，无语独坐，显见长日无聊，但有女伴相招，还可强打精神一起游戏；到晚间独对新月落花，惜春伤春之情难以自抑，可就"这次第，怎一个愁字了得"了。上阕的红袖曲槛、绿杨秋千，下阕的楼头新月、庭中梨花，都是历历如画；而通篇寓情于景，写得十分含蓄。

游丝断续东风弱。

浑无语、半垂帘幕。①

茜袖谁招曲槛边，弄一缕、秋千索。②

惜花人共残春薄。

春欲尽、纤腰如削。③

新月才堪照独愁，却又照、梨花落。

【今译】

在微弱的东风中，蛛丝飘动，似断似续。

悄然无声地对着半垂的帘幕。

谁在曲折的栏杆旁挥动红色的衣袖招唤?

原来是女伴来邀,唤她出去打秋千。

暮春时爱花人同春色一样容光减损。

春将尽,她的细腰也更加瘦削。

新月的微光刚刚能照见独怀离愁的她,

却又同时照见庭院中梨花正在凋谢。

【注释】

①"游丝"二句 "浑无语"一作"悄无语",一作"无一语"。
游丝:蜘蛛等昆虫所吐的丝状物在风中飘动,称为游丝,亦称晴丝,
于春日为多。 浑:完全。

②"茜袖"二句 "茜袖"一作"红袖"。"弄"一作"飐"。茜
(qiàn 欠):草名,其根可用作红色染料,所以"茜"亦每被用作红色
的代称。 槛:原指窗前的栏杆,此言曲槛,似指回廊的栏杆。

③"惜花人"二句 惜:爱。 残春:残剩之春,暮春。 纤
腰:细腰。鲍照《拟行路难》诗之八:"床席生尘明镜垢,纤腰瘦削发
蓬乱。"

按:惜花人为春去花落而伤感,实有自悼之意。"独愁"是因相
思而愁,"纤腰如削"当然也是因相思而瘦。

中华聚珍文学丛书——纳兰词今译

菩 萨 蛮

　　残唐五代以来,多数词家认定"词为艳科",所作多涉闺情春怨,而此类作品又往往假托女子的口吻。这可以说也成了一种传统。容若这首《菩萨蛮》是伤春之词,细玩词意,亦当是"男子而作闺语"。而其"消得一声莺,东风三月情","深巷卖樱桃,雨余红更娇"云云,写来有声有色,别具风韵,自是楚楚动人。

　　为春憔悴留春住,那禁半霎催归雨。^①

　　深巷卖樱桃,雨余红更娇。

　　黄昏清泪阁,忍便花飘泊?^②

　　消得一声莺,^③东风三月情。

【今译】

　　为了春光将尽而伤心憔悴,总想把春留住,

　　哪里禁受得起偏偏又下了一阵子催春归去

　　　　的雨!

　　深深的小巷里有人在叫卖樱桃,

　　那些樱桃沾雨以后红得更加娇艳了。

黄昏时分,眼眶里满含泪水,

怎么忍心就这样看着春花凋落,随水飘流?

只有一声莺啼还让人消受,

撩起那东风三月的伤春情怀。

【注释】

①"那禁"句　禁(jīn 今):当得起,受得了。　半霎(shà 厦):指极短促的时间。　催归雨:辛弃疾《摸鱼儿》词:"更能消几番风雨,匆匆春又归去。"

②"黄昏"二句　阁:留。清泪阁谓泪水留在眼眶里。宋无名氏《鹧鸪天》词:"阁泪汪汪不敢垂。"　忍便:此是反问语气,意即不忍。

③"消得"句　消得:这里是消受、受得的意思。

　　按:古人每举"莺花"以概括春时景物之胜,暮春时花落将尽,可消受的就只有莺声了。

一　络　索

　　这一阕也是写离愁别恨。高明之处不在于按题中应有之义诉说了柔肠千转的思念之情以及对归家团聚之日的渴望,而在于最后做了一笔反面文章,强调自己怕发付不了他日两人相聚,灯前絮话时地的那种"说不尽、离人话"的无限深情,因而又添新愁。这较之唐代诗人李商隐的名句"何当共剪西窗烛,却话巴山夜雨时"来,意思更深了一层。

　　过尽遥山如画,短衣匹马。①
　　萧萧木落不胜秋,莫回首、斜阳下。②

　　别是柔肠萦挂,待归才罢。③
　　却愁拥髻向灯前,说不尽、离人话。④

【今译】

　　我一身骑装,行色匆匆,
　　在马背上看着如画的远山一一掠过。
　　树木在风中作响,落叶纷纷,
　　这苍凉的秋意教人难以禁受,

不要再回首顾望了，夕阳已经西下。

离别之情就是柔肠百转，充满了牵挂。
这种牵挂只有到了归家之日才会消除。
又只愁重逢之日她捧持发鬓，
在灯前诉不尽、道不完别后相思之苦。

【注释】

①"短衣"句　短衣：此指便于骑驰的衣装。杜甫《曲江三章》之三："短衣匹马随李广。"

②"萧萧"二句　萧萧：此指草木摇落的声音。杜甫《登高》诗："无边落木萧萧下。"　胜：经得住。

按：上半阕描写的景物和心绪同元人马致远《天净沙·秋思》曲所云"古道西风瘦马，夕阳西下，断肠人在天涯"相仿佛。

③"别是"二句　柔肠：柔软的心肠，多指缠绵的情意。　萦挂：回绕萦挂。

按：二句与白居易《长相思》词"思悠悠，恨悠悠，恨到归时方始休"义同，惟白词抒思妇之情，此则表游子之意。

④"却愁"二句　拥髻：手捧发髻。伶玄《赵飞燕外传序》言其妾樊通德曾为汉成帝宫婢，问以赵飞燕姊妹故事，"通德占袖，顾视烛影，以手拥髻，凄然泣下"。苏轼《九日舟中望见有美堂上鲁少卿饮处以诗戏之》诗："遥知通德凄凉甚，拥髻无言怨未归。"

按："却愁"之愁当因爱怜而生，与"柔肠萦挂"的离愁况味大不相同。二句悬想他日，作一转折，更见用情之深。

眼 儿 媚

　　远游归来,作者心中充满了欢乐之情,觉得眼前一切事物都是那么美好,面对久别重逢的爱妻,他完全沉浸于幸福之中了。结尾三句语带双关,另有所指,不仅是写春夜美好的景色:"烟丝欲袅",言炉内香烟正盘旋上升;"露光微泫,春在桃花",暗指她目光低垂,脸上飞起红云,十分动情。

　　重见星娥碧海槎,忍笑却盘鸦。①
　　寻常多少,月明风细,今夜偏佳。②

　　休笼彩笔闲书字,街鼓已三挝。③
　　烟丝欲袅,露光微泫,④春在桃花。

【今译】

　　就像乘着大木筏在碧海航行,
　　忽然重新见到仙女一样,我又同她相聚了。
　　她满心喜悦,却忍着笑只顾把乌丝盘成发髻。
　　平常经历过多少明月高照、和风轻拂的夜晚,
　　今天晚上却是最美好的。

不要再握着笔无聊地写字，

听外面街鼓已经敲过三遍了。

见柳丝似要随风飘拂，

露珠正在缓缓下滴，

春光就在那桃花枝头。

【注释】

①"重见"二句　星娥：仙娥。又专指织女。　槎(chá 茶)：木筏。《荆楚岁时记》记载汉武帝时张骞出使西域,曾乘槎寻访黄河源头,结果遇见了织女。此用其典。李商隐《海客》诗："海客乘槎上紫氛,星娥罢织一相闻。"　盘鸦：鸦,黑色,此用以喻黑发。李贺《美人梳头歌》："纤手却盘老鸦色。"

②"今夜"句　偏：这里表示程度,相当于很、最。

③"休笼"二句　笼：包,指把笔握在手里。　彩笔：笔的美称。此套用赵光远《咏手》诗"慢笼彩笔闲书字"句。　街鼓：街坊中用来报时警夜的鼓。　挝(zhuā 抓)：敲击。

按：二句意谓天色已晚,当及早歇息。

④"烟丝"二句　烟丝：见《踏莎行》"春水鸭头"注。　袅(niǎo 鸟)：飘拂摇曳或盘旋缭绕貌。　泫(xuàn 绚)：水滴下垂貌。谢灵运《从斤竹涧越岭溪行》诗："花上露犹泫。"

中华聚珍文学丛书——纳兰词今译

摊破浣溪沙

　　翠柳掩映之中，一个身穿华丽衣衫的女子红桥小立，裙裾轻扬……此词写来有入画之妙，布景设色，俱见匠心。又用欲寄双叶见其情思，用弱不禁风见其憔悴，则伊人的心理活动、精神状态也浮现纸上了。

　　　小立红桥柳半垂，越罗裙飐缕金衣。①
　　　采得石榴双叶子，欲遗谁？②

　　　便是有情当落月，③只应无伴送斜晖。
　　　寄语东风休着力，不禁吹！

【今译】

　　　她暂立在红桥上，柳条半垂，
　　　一阵风过，
　　　扬起了越罗裙，飘动了缕金衣。
　　　她采下了石榴树上成双成对的叶子，
　　　想赠送给谁？

即便能含情不寐，独对落月，

也应是无人相伴，送走斜晖。

真想请人传句话，让东风不要这么使劲，

她可是经不起吹啊！

【注释】

①"小立"二句　小立：站一会儿。　红桥：有红色栏杆的小桥。　越罗：越地(令浙江省)所产的一种又细又薄的罗。田艺蘅《留青日札》："罗以细匀为贵，故曰轻罗。越地产，故曰越罗。"飏：同"扬"。　缕金衣：用杂有金线的衣料制成的衣服，又泛指华贵的衣服。

②"采得"二句　石榴双叶子：石榴树叶多对生，故可用来表示相思之意。陈师道《西江月·咏榴花》词："凭将双叶寄相思，看与钗头何似？"王彦泓《无绪》诗之一："空寄石榴双叶子，隔帘消息正沉沉。"　遗(wèi位)：赠送。

③"便是"句　当：对。

酒　泉　子

《白雨斋词话》的作者陈廷焯很欣赏这一首词。究其原因，当是由于它感情含蓄，意致深婉，符合陈氏评词以"沉郁"为上的标准。其实容若此作，不过是"以自然之眼观物，以自然之舌言情"（王国维《人间词话》），本不求深。其动人之处，也正在这里。

谢却荼蘼，^①一片月明如水。
篆香消，^②犹未睡，早鸦啼。

嫩寒无赖罗衣薄，休傍阑干角。^③
最愁人，灯欲落，雁还飞。

【今译】

茶蘼花都凋谢了，
只见满天月光如水泻地。
香已燃尽，缭绕的香烟渐渐消散，
人还没有睡意，清晨出巢的乌鸦却啼叫了。

天气微有冷意，无奈罗衣太薄，

还是别去靠傍栏杆。

这是最使人发愁的时候，

灯花要掉落了，

雁群正从天上飞过。

【注释】

①"谢却"句　荼䕷（tú mí 涂迷）：蔷薇科植物，春末夏初开花，前人有"开到荼䕷花事了"的说法。

②"篆香"句　篆香：谓香烟缭绕如同曲折回旋的篆字。

③"嫩寒"二句　嫩寒：薄寒，微寒。　无赖：这里是无奈，无可奈何的意思。　罗：一种轻薄滑软的丝织品。　阑干角：角字凑韵，不必真理解为栏杆之角。

青衫湿遍

悼　亡

　　悼亡原指悼念亡者,晋潘岳妻死,作《悼亡诗》三首,后人因专称丧妇及悼念亡妻为悼亡。容若初娶汉军旗人两广总督卢兴祖女,婚后夫妻十分恩爱,但婚后仅三年,卢氏即于康熙十六年(1677)五月三十日因难产夭亡(见叶舒崇《皇清纳腊室卢氏墓志铭》,志石今藏首都博物馆)。卢氏死后,容若追念不已,词集中颇多悼亡之作,这一首《青衫湿遍》是作者在丧妻之后不到半月的时间内写的。遽然死别的悲痛尚未被时间所冲淡,刻骨铭心的思念难以自制,真是柔肠寸断,此情涌向笔底,写来字字凄怆,如顾贞观所言,"令人不忍卒读"。

　　《青衫湿遍》,词谱不载此调,当是作者自度曲,而以首句为调名。

　　青衫湿遍,凭伊慰我,①忍便相忘?

　　半月前头扶病,剪刀声、犹共银釭。②

　　忆生来、小胆怯空房。

　　到而今、独伴梨花影,

　　冷冥冥、尽意凄凉。③

　　愿指魂兮识路,教寻梦也回廊。④

咫尺玉钩斜路，一般消受，蔓草斜阳。⑤
判把长眠滴醒，和清泪、搅入椒浆。⑥
怕幽泉、还为我神伤。
道书生、薄命宜将息，
再休耽、怨粉愁香。⑦
料得重圆密誓，难禁寸裂柔肠。⑧

【今译】

眼泪湿透了衣衫，
任凭她临终时安慰我不要过于伤心，
我怎忍把她忘记？
半月之前，夜来剪刀声中、银灯影里，
　　还见她强支病体，操持女红。
回想起她生来胆小，不敢在空房独处。
如今亡魂孤零零地独与梨花幽影相伴，
冷冷清清，昏昏暗暗，凄凉已极。
我愿指点她的亡魂识路，也好重回家宅。

她的埋身之处紧靠丛葬宫女的地方，

同那些墓中的不幸之人一样忍受着荒草斜阳
　　的惨淡风光。
要把在地下长眠的她滴醒，我拚着同眼泪搅
　　和酒浆，一滴一滴地祭奠。
怕她在黄泉之下还要为我伤心，
说这书生命薄，应该好好保养身体，
不要再迷于恋情而为之生怨添愁。
料想她的亡魂如与我重见，一定会重提来世
再作夫妇的誓约，我不禁柔肠寸断。

【注释】

①"青衫"二句　青衫：唐代八、九品文官的服色，白居易《琵
琶行》："座中泣下谁最多？江州司马青衫湿。"后亦泛指一般的书
生衣衫。　伊：第三人称代词。

②"半月"二句　"犹共"一作"犹在"。　扶病：支持病体，多
指勉力抱病做事或行动。　釭(gāng 缸)：灯。银釭指精美的灯。

③"忆主来"三句　怯空房：常理《古别离》诗："小胆空房怯。"
冥冥：昏暗晦昧。　尽意：尽意想之极。

④"愿者"二句　魂兮：楚辞《招魂》："魂兮归来。""兮"为语
助。下文"梦也"与此"魂兮"对文，"也"也是语助。　廊：此用以代
指家宅、内院。

⑤"咫尺"三句　"斜阳"一作"残阳"。　咫：八寸为咫。咫尺
喻极近。　玉钩斜：地名。据《嘉庆一统志》，江苏江都县西戏马台
下有路名玉钩斜，相传其旁为隋炀帝葬宫女处。此借指北京郊外

宫女丛葬处,纳兰家茔地所在的京西皂甲村或与其地相邻。　消受:这里是禁受、忍受的意思。

　　⑥"判把"二句　判:不顾一切,豁出去;同"拚"。　椒浆:用椒浸制的酒浆。《楚辞·九歌·东皇太一》:"奠桂酒兮椒浆。"此用以泛指酒浆。

　　⑦"怕幽泉"三句　幽泉:义同"黄泉"、"重泉",指地下、阴间。
神伤:神情伤感。　将息:休息,调养。　耽:沉溺。　怨粉愁香:粉、香指女性。此谓为恋爱而烦恼。丁鹤年《故宫人》诗:"粉愁香怨不胜情。"

　　⑧"料得"二句　重圆:重新团圆。　柔肠:见前《一络索》"过尽遥山如画"阕注。

沁 园 春

此词有序,观之知是容若于丁巳(康熙十六年,公元 1677)重阳前三日梦见亡妻后感赋之作。生离,还有他日重圆的希望;死别,则人间天上,从此相见无因。偶尔梦中一遇,相对倾诉衷肠,纵然恍惚迷离,醒来也会对尚能记起的每一细节都追怀不已。梦境中短暂而又不甚分明的团聚,是对永诀后刻骨相思的安慰,伹执手哽咽,本已黯然神伤,事后既知连这也不过是镜花水月,那就更添惆怅,倍觉凄凉了。"赢得更深哭一场","料短发,朝来定有霜",正是作者伤心的自白。

　　丁巳宣阳前三日,梦亡妇淡妆素服,执手哽咽,语
　　　多不复能记。但临别有云:"衔恨愿为天上月,
　　　年年犹得向郎圆。"妇素未工诗,不知何以得此
　　　也。觉后感赋长调。

　　瞬息浮生,薄命如斯,低徊怎忘?①
　　记绣榻闲时,并吹红雨;
　　雕阑曲处,同倚斜阳。②
　　梦好难留,诗残莫续,赢得更深哭一场。③
　　遗容在,只灵飙一转,未许端详。④

重寻碧落茫茫。料短发、朝来定有霜。⑤

便人间天上,尘缘未断;

春花秋叶,触绪还伤。⑥

欲结绸缪,翻惊摇落,减尽荀衣昨日香。⑦

真无奈,倩声声邻笛,谱出回肠。⑧

【今译】

虚浮无定的人生是如此地短暂,

她的命运是这样地不幸,

我徘徊沉吟,怎能忘记?

还记得当日闲来无事,我和她共坐绣榻,看窗
  外风起,吹过片片落花,

又曾并肩凭栏,一起沐浴夕阳的余辉。

今晚梦中与她相见,但好梦难留,

她吟的诗句我未能续成,

只赢得夜深醒来又痛哭一场。

梦中遗容宛然在目,但像一阵神异的风一样
  不可捉摸,未能让我仔细端详。

我想重新寻到她,但青天茫茫,人在何处?

料昨早我头上一定会新增白发。

就便是天上人间,两人缘分不断,

而今后伤春悲秋,一花一叶都会触动愁绪。

本意要永远恩恩爱爱,不想忽然像花木一样
　　摧残零落,

这教我神伤心碎,再无闲情如往日那般修饰
　　自己。

痛苦难以排遣,真是无可奈何。

邻家传来哀怨的笛声,就请那声声邻笛把我
　　的辗转不解的愁思谱成乐曲吧!

【注释】

①"瞬息"三句　瞬息:一眨眼为"瞬",一呼吸为"息",形容极短的时间。陶潜《感士不遇赋序》:"寓形百年而瞬息已尽。"　浮生:老庄哲学认为生命短促,虚浮无定,后因称人生为"浮生"。李白《春夜宴桃李园序》:"而浮生若梦,为欢几何?"　低徊:徘徊;含有依依不舍的意思。

②"记绣榻闲时"四句　一作"自那番摧折,无衫不泪;几年恩爱,有梦何妨"。　绣榻:精美的床榻。　红雨:指落花。李贺《将进酒》诗:"桃花乱落如红雨。"　雕阑:见前《河渎神》"凉月转雕阑"阕注。

③"梦好"三句　"梦好难留,诗残莫续",一作"最苦啼鹃,频催

别鹄"。"更深"一作"更阑"。

④"只灵飙"二句 飙（biāo 标）：疾风。灵飙谓神风。 端详：细看。

⑤"重寻"二句 碧落：天上。白居易《长恨歌》："上穷碧落下黄泉，两处茫茫皆不见。" 霜：此喻白发。杜甫《登高》诗："艰难苦恨繁霜鬓。"

⑥"便人间天上"四句 "便"一作"信"。"秋叶"一作"秋月"。"还"一作"堪"。 人间天上：白居易《长恨歌》："但教心似金钿坚，天上人间会相见。" 尘缘：佛经称色、声、香、味、触、法为六尘，以为心攀缘六尘，遂成嗜欲。此指男女间的情缘。

⑦"欲结"三句 "摇落"一作"飘泊"。"减尽荀衣昨日香"一作"两处鸳鸯各自凉"。 绸缪：缠绵，殷勤。 摇落：凋残，零落。宋玉《九辩》："萧瑟兮草木摇落而变衰。" 荀衣：此用汉末荀彧（yù育）的典故。荀彧性好修饰，相传曾得异香，用以熏衣，至人家小坐，香气三日不散。

⑧"倩声声"二句 "倩"一作"把"。"邻笛"一作"檐雨"。"谱出回肠"一作"谱入愁乡"。 倩：请。 回肠：肠在腹中旋转，比喻忧愁不解，辗转难安。司马迁《报任安书》："是以肠一日而九回。"杜甫《秋日夔府咏怀寄郑监李宾客一百韵》诗："吊影夔州僻，回肠杜曲煎。"

中华聚珍文学丛书——纳兰词今译

菩 萨 蛮

　　容若与卢氏伉俪情笃,卢氏死后,容若"悼亡之吟不少,知己之恨尤深"(叶舒崇《皇清纳腊室卢氏墓志铭》)。这些"悼亡之吟"出自肺腑,其心愈苦,其情愈真,是纳兰词集中十分引人注目的部分。这首《菩萨蛮》作于康熙十六年(1677)秋,距卢氏之死约三个月。"无语问添衣,桐阴月已西",因一个细节又惹起无尽哀思,夜深人独,凄然泪流,容若写下当时的感受,有恨海难填之痛。

　　晶帘一片伤心白,云鬟香雾成遥隔。①
　　无语问添衣,桐阴月已西。

　　西风鸣络纬,②不许愁人睡。
　　只是去年秋,如何泪欲流。

【今译】

　　那水晶帘呈现一片使人伤心的白色,
　　帘底却再也见不到她的身影,
　　我和她已被远远隔开了。

在此凉夜,听不到她问我是否要添加衣服的
　语声,

看梧桐树阴移动,月亮已经偏西。

络纬在西风中鸣叫,

似乎故意不让我这愁苦的人入睡。

这只不过是同去年一样的秋夜景象,

怎么对此就光想流泪!

【注释】

　①"晶帘"二句　晶帘:晶指水晶。此谓"水晶帘",当是泛指精美的帘。　云鬟香雾:谓女子美丽的鬟发笼罩在雾气之中。鬟指环形的发髻,云谓其舒展如云。杜甫《月夜》诗:"香雾云鬟湿,清辉玉臂寒。"

　②"西风"句　络纬:一种善于鸣叫的昆虫,又名莎鸡、纺织娘。李白《长相思》诗:"络纬秋啼金井阑,微霜凄凄簟色寒。"

浣 溪 沙

　　西风、黄叶、疏窗、残阳。秋凉人独,作者触景生情,又回想起当初与亡妻幸福相处时的情景,抚今追昔,不禁勾起淡淡的哀愁,真是别有一般滋味在心头。词中"被酒"句体贴入微,"赌书"句泛指有高度文化修养的夫妇之间的逸趣韵事,不必以为容若夫妇在读《金石录后序》后真有此效颦之举。　"当时"句痛悔当初未能充分体味夫妇日常生活中爱情的幸福,而今伊人永逝,"沉思往事立残阳",词意充满了伤感,而又十分含蓄。

谁念西风独自凉,萧萧黄叶闭疏窗。
沉思往事立残阳。①

被酒莫惊春睡重,赌书消得泼茶香。
当时只道是寻常。②

【今译】

谁顾念我独自在西风中感受着凉意呢?
枯黄的树叶在风中萧萧作响,窗户都已关
　　上了,

我站在斜阳影里回忆往事,思绪万千。

在困人的春天,她酒后沉睡,
我总怕惊醒了她的好梦;
而两人赌赛谁对书中的出典记得多、记得牢,
又曾领略过杯覆茶泼相对大笑的乐趣。
这些,当时只以为都是平平常常的事情。

【注释】

①"萧萧"二句 萧萧:风声。 疏窗:刻镂透剔的窗户。
《文选·王延寿〈鲁灵光殿赋〉》:"尔乃悬栋结阿,天窗绮疏。"张载
注:"疏,刻镂。" 沉思往事立残阳:此句从五代词人李珣《浣溪沙》
"暗思何事立残阳"句脱胎而出。

②"被酒"三句 被酒:为酒所加,指酒醉或酒困。 赌书消
得泼茶香:此用宋代女词人李清照的典故。李清照在《金石录后
序》中记她当初与丈夫赵明诚"每饭罢,坐归来堂烹茶,指堆积书
史,言某事在某书某卷第几叶第几行,以中否角胜负,为饮茶先后。
中即举杯大笑,至茶倾覆怀中,反不得饮而起"。 消得:这里是消
受、领略的意思。 道:以为。 寻常:平常。

蝶　恋　花

　　这首《蝶恋花》是容若的代表作之一，历来受到论者和选家的重视。词上阕因月起兴，以月为喻，回忆当初夫妇间短暂而幸福的爱情生活，则曰"若似月轮终皎洁，不辞冰雪为卿热"，真是深情人作深情语。下阕借帘间燕子，花丛双蝶来寄托哀思，设想亡妻孤魂独处的情景，则曰"唱罢秋坟愁未歇，春丛认取双栖蝶"，这又是伤心人作伤心语。纳兰词既凄婉、又清丽的风格在这里得到了充分的体现，称它为传世名篇，是当之无愧的。容若作此词时，卢氏夫人已离开人间。容若对月思人，把一轮明月比拟为亡妻，而与之作精神上的沟通。词中"若似"是假设之辞，因为天上月是"一昔如环，昔昔都成玦"，不可能"月轮终皎洁"，所以他的"不辞冰雪为卿热"不过只是一时的愿望。到头来人死不能复生，他心中的冰雪依然不能解冻。

辛苦最怜天上月，

一昔如环，昔昔都成玦。①

若似月轮终皎洁，②不辞冰雪为卿热。

无那尘缘容易绝，

燕子依然，软踏帘钩说。③

唱罢秋坟愁未歇，春丛认取双栖蝶。④

【今译】

最值得同情的是天上的月亮，
它一年到头不停地流转，
而每月只有一个晚上圆如玉环，
其余的晚上却都像玉玦一样缺而不全。
如果你永远像一轮满月那般用洁白的光华陪
　　伴着我，
我也不辞使自己早已化为冰雪的心为了你而
　　重新迸发热情。

无奈人世的俗缘最容易断绝，而今室在
人亡，也没有相聚的可能，
只有那燕子依然飞来，轻轻地踏着帘钩呢喃
　　絮语。
想她的幽魂或许在坟头吟唱我的悼亡之作，
　　那哀愁真是无边无垠。
还是到春天的花丛之中去认取那共飞双栖的
　　蝴蝶吧，那可是我们二人的化身啊！

【注释】

①"一昔"二句 "都成玦"一作"长如玦"。 昔：同"夕"。环：中有圆孔的玉璧。此以环喻满月，只是就其圆形的外周而言，与中有圆孔无涉。 玦（jué 决）：有缺口的玉环。

②"若似"句 "若"一作"但"。 皎（jiǎo 狡）洁：洁白光明。

③"无那"三句 "无那尘缘"一作"无奈钟情"。 无那（nuó挪）：元奈，没奈何。"那"为"奈何"的合音。 尘缘：见《沁园春》"瞬息浮生"阕注。 软踏：燕子本身轻，帘钩亦原不固定，故云。李贺《贾公闾贵婿曲》："燕语踏帘钩，日虹屏中碧。"

④"唱罢"二句 唱罢秋坟：李贺《秋来》诗："秋坟鬼唱鲍家诗，恨血千年土中碧。"鲍家诗出典今已难确考，此谓"唱罢秋坟"恐怕是指唱作者自己所写的悼亡诗词。 春丛：春天的花丛。

潇　湘　雨

送西溟归慈溪

　　容若以任侠怜才闻名当时,性喜结交汉人名士,姜宸英是其最称莫逆的契友之一。姜字西溟,浙江慈溪人,善诗文,工书法,与朱彝尊、严绳孙并称"江南三布衣",声望甚高。但他性情孤傲,又累举不第,居京师时"举头触讳,动足遭跌",很不得意(晚年以七十高龄始中一甲第三名进士)。容若欣然延纳,于康熙十二年(1673)与之订交,二人年龄相差很大(是年容若十九岁,西溟已四十六岁),然而意气相投,过从甚密。据容若死后西溟所作祭文,知戊午之年(康熙十七年,公元1678)西溟曾南还故里,这一首《潇湘雨》即作于分袂送别之时。词上半写依依惜别的心情,换头后则感叹西溟的落魄不遇,并加慰勉。全词拳拳之意,溢于言表,从中可见容若之重于交谊。

　　长安一夜雨,便添了、几分秋色。
　　奈此际萧条,无端又听,渭城风笛。①
　　咫尺层城留不住,久相忘、到此偏相忆。②
　　依依白露丹枫,③渐行渐远,天涯南北。

　　凄寂。黔娄当日事,
　　总名士、如何消得?

只皂帽蹇驴，西风残照，倦游踪迹。④

廿载江南犹落拓，⑤叹一人、知己终难觅。

君须爱酒能诗，鉴湖无恙，一蓑一笠。⑥

【今译】

下了一夜的雨，北京城里又增添了几分秋色。

无奈在此万物凋零冷落的时节，

又要与好友分别。

眼前这座宏伟的都城已留不住你了，

你我久已形迹相忘，

不想从此偏偏又要互相思念了。

隐隐约约地，你将在白露和红枫之中渐行

　　淘远，

今后南北分隔，各处天之一涯。

真是凄凉寂寞，黔娄当日穷愁潦倒的情景，

纵然是名士也怎么禁受得了？

只落得戴黑帽，骑跛驴，

在西风声中、夕阳影里，

留下为求名谋生而飘泊奔走的踪迹。

名扬江南二十年，仍然失意不遇，

可叹那时连一个知心朋友都找不到！

你归家后要想开一些，不妨饮酒作诗，

鉴湖依旧，尽可披着蓑衣，戴着斗笠，在那里
　　　垂钓游吟。

【注释】

①"长安"五句　长安：汉唐古都名长安（令陕西省西安市），
后人每用以代称当代的都城，这里是指北京。　萧条：萧索冷落的
样子。　无端：见前《金缕曲·简梁汾，时方为吴汉槎作归计》注。
渭城风笛：渭城，地名，在长安西北渭水北岸。　风笛，随风飘来
的笛声。王维《送元二使安西》诗："渭城朝雨浥轻尘，客舍青青柳
色新。劝君更进一杯酒，西出阳关无故人。"又郑谷《淮上与友人
别》诗："扬子江头杨柳春，杨花愁杀渡江人。数声风笛离亭晚，君
向潇湘我向秦。"渭城风笛即糅合二诗，用作为友人送行的典故。

②"咫尺"二句　咫尺：见前《青衫湿遍·悼亡》注。　层城：
神话传说中昆仑山最高处天帝所居的天庭。后用以比喻高大的城
阙，又专指京城。《世说新语·言语》："遥望层城，丹楼如霞。"　相
忘：这里是形迹相忘的意思，指双方相契极深，彼此不拘仪容礼节。

③"依依"句　依依：隐约可辨。陶潜《归园田居》诗："暧暧远
人村，依依墟里烟。"

④"黔娄"五句　黔娄：战国时齐国的隐士，有贤名而极其贫
困。此用以喻姜西溟。　总：这里是纵然的意思。　消：消受，禁
受。　皂：黑色。　蹇(jiǎn简)：跛足。《楚辞·七谏·谬谏》：
"驾蹇驴而无策兮。"　倦游：这里是指生活奔走无着，飘泊潦倒。
《北史·毛鸿宾传》："羁寓倦游之辈，四座常满，鸿宾资给衣食，与

己悉同。"

　　⑤"廿载"句　落拓:同"落魄"、"落泊",穷困失意。

　　⑥"鉴湖"二句　鉴湖:在今浙江省绍兴市西南,姜西溟的家
乡慈溪与之相近。　无恙:这里是景况如旧,没有变故的意思。
一蓑一笠:蓑、笠都是雨具。张志和《渔歌子》词:"青箬笠,绿蓑衣,
斜风细雨不须归。"陆游亦有《北渚》诗云:"一蓑一笠生涯在,且醉
苍苔旧钓矶。"都是指隐者生涯。

风 流 子

秋 郊 即 事

在秋郊射猎的时候,忽忆春日游冶的情景,两相对照,不胜萧索之感,因叹人生易老,当及时行乐。这表达了一种消极颓唐的人生观。但作者并非醉生梦死之徒,他不怎么看重功名,却有短衣射虎、倚马挥毫的豪情。看来多愁善感只是容若性格的一个方面,从另一方面看,他还是颇为豁达的,不时也想有所作为。

词题一作"秋郊射猎"。况周颐评此词曰:"意境虽不甚深,风骨渐能骞举,视短调为有进。更进,庶几沉着矣。"(《蕙风词话》卷五)

平原草枯矣,重阳后、黄叶树骚骚。①

记玉勒青丝,落花时节,

曾逢拾翠,忽听吹箫。②

今来是、烧痕残碧尽,③霜影乱红凋。

秋水映空,寒烟如织,

皂雕飞处,④天惨云高。

人生须行乐,君知否? 容易两鬓萧萧。⑤

自与东君作别,划地无聊。⑥

算功名何许？

此身博得，短衣射虎，沽酒西郊。⑦

便向夕阳影里，倚马挥毫。⑧

【今译】

重阳以后，平整广阔的原野上草已枯萎，

树上的黄叶在风中作响。

回想起在落花时节，

我骑马来此踏青，

曾经遇见嬉游的少女，

当时忽然回忆起吹箫引凤的故事，颇生遐想。

今天重来，已是遍地烧痕，

残存的青青草色一点也看不到了，

只见满眼秋霜，红叶凋零飘落。

秋水倒映碧空，

带着寒意的雾霭一片浓密。

天色惨淡，黑色的大雕飞入高高的云霄。

人生要及时行乐，你知道吗？

两鬓转眼就会稀疏花白。

自从春天过后，

平白无故地总觉得十分无聊。

算起来功名又值得了什么呢？

不如今天平平常常地就能赢得短衣骑装行猎，

西郊买酒痛饮。

猎后就在那夕阳影里，

靠着马挥笔写诗。

【注释】

① "平原"二句　重阳：夏历九月九日为重阳节。　骚骚：风声。张衡《思玄赋》："寒风凄其永至兮,拂云岫之骚骚。"

② "记玉勒青丝"四句　"忽忆"一作"忽听"。　玉勒青丝：玉制的马衔和青丝编成的马缰,都是华贵的马具。　拾翠：原指拾取翠鸟的羽毛。曹植《洛神赋》："或采明珠,或拾翠羽。"后人每用以指妇女游春嬉戏的景象。杜甫《秋兴八首》诗之八："佳人拾翠春相问。"　吹箫：此用萧史的典故。传说春秋时,有萧史善吹箫,秦穆公之女弄玉好之,秦穆公把女儿嫁于萧史。后萧史用箫声招来凤凰,两人乘之仙去。

③ "今来是"句　烧痕：古时秋后放火烧野草以肥田,烧痕指火烧野草后留在地上的痕迹。

④ "秋水"三句　寒烟：指秋天的雾霭。范仲淹《苏幕遮》词："秋色连波,波上寒烟翠。"　如织：形容非常浓密。李白《菩萨蛮》词："平林漠漠烟如织。"　皂：黑色。《埤雅》："雕似鹰而大,黑色,俗呼为皂雕,一名鹫(tuán 团),其飞上薄云霄。"

⑤ "容易"句　萧萧：这里指头发脱落斑白的样子。苏轼《次

韵韶守狄天夫见赠二首》诗："华发萧萧老遂良，一身萍挂海中央。"

⑥"自与"二句　"东君"一作"东风"。　东君：司春之神。划(chàn忏)地：无端，没来由。本是宋元时俗语。

⑦"算功名何许"四句　"何许"一作"何似"。　"此身"一作"等闲"。　何许：这里是如何、怎样的意思。"功名何许"实际上是说功名算不了什么。　短衣射虎：杜甫《曲江三章》诗之三："短衣匹马随李广，看射猛虎终残年。"这里射虎泛指射猎，不必真是猎虎。　沽湩：卖酒或买酒都可以叫做沽酒，这里是买酒的意思。

⑧"倚马"句　倚马挥毫：据《世说新语·文学》，东晋时桓温北征，幕僚袁虎有罪免官。后桓温要发布文告，"唤袁倚马前令作，手不辍笔，俄得七纸，殊可观"，后人因以"倚马"比喻文思敏捷。

木 兰 花

拟古决绝词柬友

决绝意谓决裂，指男女情变，断绝关系。唐元稹曾用乐府歌行体，摹拟一女子的口吻，作《古决绝词》。容若此作题为"拟古决绝词柬友"，也以女子的声口出之。其意是用男女间的爱情为喻，说明交友之道也应该始终如一，生死不渝。

人生若只如初见，何事秋风悲画扇？
等闲变却故人心，却道故人心易变！①

骊山语罢清宵半，泪雨零铃终不怨。
何如薄幸锦衣郎，比翼连枝当日愿。②

【今译】

人生男女相处如果永远只是像初恋时那样，
又怎么会有那种被遗弃的悲哀呢？
轻易地改变了当初对待故人的情意，
却反而说故人的心容易改变！

从前唐玄宗与杨贵妃在骊山离宫夜半私语，
　　订下了海誓山盟。

贵妃死后，玄宗听到雨中的铃声伤心不已，
　　泪如雨下，对当初的恋情始终没有怨悔
　　之意。

那薄情负心的锦衣郎同唐玄宗比起来又怎么
　　样呢？

想当日，他也曾对我发愿"在天愿为比翼鸟，
　　在地愿为连理枝"。

【注释】

　　① "何事"三句　秋风悲画扇：典出汉班婕妤《怨歌行》："新制齐纨素，皎洁如霜雪。裁为合欢扇，团团似明月。出入君怀袖，动摇微风发。常恐秋节至，凉飙夺炎热。弃捐箧笥中，恩情中道绝。"秋风一起，扇即弃置不用，以喻妇女因年长色衰而被遗弃。　等闲：这里是轻易、随随便便的意思。　故人：此指前妻、旧情人。古乐府《上山采蘼芜》："新人从门入，故人从阁去。"以故人与新人对举，故人即谓前妻。

　　② "骊山"四句　骊山：在今陕西临潼县境内，唐时上有离宫。传说天宝十年七夕之夜，唐玄宗与杨贵妃在骊山离宫的长生殿前密誓，愿世世为夫妇。白居易《长恨歌》："七月七日长生殿，夜半无人私语时。在天愿作比翼鸟，在地愿为连理枝。"　泪雨零铃：据《明皇杂录》，唐玄宗在奔蜀避难的途中，霖雨不断，"于栈道雨中闻铃音"，"既悼念贵妃，采其声为《雨淋铃》曲以寄恨"。白居易

《长恨歌》："行宫见月伤心色,夜雨闻铃肠断声。" 零:雨滴落下。 何如:何似,比起来怎么样。 薄幸:薄情。 锦衣郎:衣饰华美的少年。"何如薄幸锦衣郎",依情理而言,此句的意思当是拿"薄幸锦衣郎"去同唐玄宗相比。 比翼:鸟雌雄相比而飞。 连枝:两棵树的枝干连成一体。比翼鸟、连理枝都象征忠贞不二的爱情。

生 查 子

　　愁人失眠,最难禁中宵听雨。这位女子却宁愿长夜不寐,在点点滴滴的雨声中辗转反侧,回忆别时况味,以此自苦并自慰。作者用这种倒提之笔,把离情之苦、相思之深表现得更为生动真切,其手法值得借鉴。

　　惆怅彩云飞,碧落知何许?
　　不见合欢花,空倚相思树。①

　　总是别时情,那得分明语。
　　判得最长宵,数尽厌厌雨。②

【今译】

　　使人懊恼的是彩云飞渡,
　　不知它飘向青天何方。
　　眼前看不到合欢花,
　　只好空倚着相思树痴想。

　　放不下离别时不可名状的悲苦之情,

可是这种感情哪里能够明明白白地说出
　来呢？

我拚着在最长的夜彻夜不眠，

数着断断续续的雨声，回忆那时的种种情景。

【注释】

①"惆怅"四句　惆怅（chóu chàng 愁畅）：因失意、失望而烦恼感伤。　碧落：碧空、天空。　何许：何处，什么地方。　合欢花：花名，即马缨花。此取其"合欢"之名，喻男女欢聚。　相思树：一种常绿乔木。此亦仅取其"相思"之名，以喻男友间的情思，不是说真有其树可倚。

按：见彩云飞而生惆怅之情，当因联想起那人远去，不知行到何地。

②"判得"二句　判：同"拚"。　厌厌：微弱，有气无力的样子。《汉书·李寻传》："列星皆失色，厌厌如灭。"这里是稀稀落落、若断若续的意思。

中华聚珍文学丛书——纳兰词今译

好　事　近

　　明亡未久，明陵荒凉残破，景象已大非往昔，而且陵区任由满族官兵在那里驰射行猎。遗民见此，自当痛哭流涕。但容若出身于满族簪缨之家，在新朝官居禁近，何以也会对之大洒悲秋之泪？我们应该这样去理解：王朝的倏兴倏亡，世事的忽盛忽衰，使感情丰富、感觉灵敏而又深受佛、道二家学说影响的他，联想起万物荣枯无定，人生好景不常，一切如梦如幻，因而无限怅惘，独怆然而涕下。

　　　马首望青山，零落繁华如此！
　　　再向断烟衰草，认藓碑题字。

　　　休寻折戟话当年，只洒悲秋泪。①
　　　斜日十三陵下，过新丰猎骑。②

【今译】

　　　我骑着马眺望马头前的青山，
　　　昔日的繁华如今竟零落到这等地步！
　　　我又去荒草丛中，

辨认长满苔藓的石碑上的字迹。

不要寻觅那前朝遗物,再提起当年的事情,
我面对这萧条冷落的景象,只是伤心流泪。
夕阳挂在天边,
行猎的骑队正从这明朝十三陵下驰过。

【注释】

①"休寻"二句　折戟:断戟。杜牧《赤壁》诗:"折戟沉沙铁未销,自将磨洗认前朝。"　悲秋:对萧瑟的秋景而起伤感之情。语出宋玉《九辩》:"悲哉秋之为气也。"

②"斜日"二句　新丰:地名,汉高祖定都长安,因他父亲怀念故里,就命人在长安东边秦骊邑地依照故乡丰地街里的格式筑邑,并把丰地的百姓迁来居住,这座新邑即称新丰。此谓"新丰猎骑",当是指八旗官兵或满洲贵族子弟的行猎骑队。清初满族统治者曾在北京附近大规模圈地以设置皇庄、王庄、八旗官兵庄田,并安置从关外迁来的满人。这里即用"新丰"暗指京郊被八旗官兵及迁来的满人所占据的地方。

鹧 鸪 天

下阕写因节序变换，人事升降、繁华易逝、好景不常而引起的惆怅之情，这是全词主旨所在；而上阕的景物描写点染颇佳，为作品生色不少。

独背残阳上小楼，谁家玉笛韵偏幽？[①]
一行白雁遥天暮，[②] 几点黄花满地秋。

惊节序，叹沉浮。秾华如梦水东流。[③]
人间何事堪惆怅？莫向横塘问旧游。[④]

【今译】

独自背着斜阳登上小楼，
从谁家传来的笛声音调是那样地悠扬？
遥远的天边暮色中正飞过一行白雁，
几丛菊花使人感到满地都是秋色。

关节令时序变化之快而惊心，
关人事世情升降之速而感叹。

昔日的繁华如梦境一般消逝了，

又像流水一样东去不回。

人间什么事情值得这样烦恼伤感呢？

当时的美好景色已不复存在，

不要再到池畔去寻问旧游之地了。

【注释】

①"谁家"句　玉笛：笛的美称。此指笛声。　偏：甚、颇。
幽：悠扬动听。

②"一行"句　白雁：庞元英《文昌杂录》："北方有白雁，似雁
而小，色白，秋深则来……至则霜降。"

③"惊节序"三句　节序：节令变化的顺序。　沉浮：此指人
事世态以及个人遭遇的变化。　秾华：繁茂的花朵。这里泛指繁
华景象。

④"莫向"句　横塘：南京及苏州郊外都有地名叫横塘，但此
句化用温庭筠《池塘七夕》诗"一夕横塘似旧游"句，所谓"横塘"，当
同温诗一样是泛指池塘。

满 宫 花

此词写女子因久久得不到恋人音讯而产生的疑虑痛苦之情，层层递进，细致感人。末借用南朝吴声歌曲谐声双关的表现手法，更增添了宛曲缠绵的情致。而谐声双关的方法，习见于南朝吴声歌曲，此类民歌往往是女子创作的，这里借用其意，于口吻、于心理都十分贴切。

盼天涯，芳讯绝，莫是故情全歇？①
朦胧寒月影微黄，②情更薄于寒月。

麝烟销，兰烬灭，③多少怨眉愁睫！
芙蓉莲子待分明，④莫向暗中磨折。

【今译】

盼呵盼，总盼不到他从远方寄来的书信，
莫不是他把旧时的感情都抛开了？
月色微黄，朦朦胧胧的透着寒气，
他的感情可比这寒月还要薄凉。

炉内的香燃完了，

浓郁的香气渐渐飘散，余烬也已熄灭。

夜不能寐，眉眼之间包涵着多少怨与愁！

你到底爱我不爱，应该明明白白地让我知道，

不要再这样暗中折磨人。

【注释】

①"芳讯"二句　芳讯：书简的美称。《山堂肆考》："芳讯、兰讯……皆书简名。"　歇：停歇。这里是丢开、抛弃的意思。

②"朦胧"句　朦胧(méng lóng 蒙龙)：月色模糊不明的样子。

③"麝烟"二句　麝(shè 射)：一种似鹿而小的动物，雄性腹部有香腺，其分泌物称麝香，是极名贵的药物和香料。　兰烬：兰有幽香，所以这里又把香燃烧后生成的灰烬美称为兰烬。

④"芙蓉"句　古《子夜歌》："雾露隐芙蓉，见莲不分明。"芙蓉即荷花，亦即莲花。芙蓉隐在雾露之中，也就是不能清楚地"见莲"，而"莲"与"怜爱"的"怜"同音，"见"字除看见的意义外，又可解释为"被"。所谓"见莲不分明"实际上是说不能明白知道自己是否被他所怜爱。　分明：清清楚楚，明明白白。

中华聚珍文学丛书——纳兰词今译

清 平 乐

这阕《清平乐》写秋暮怀人之情,把秋风秋雨、凉云暮叶下的秋思同离愁糅合在一起,清隽有味,有不尽之致。

将愁不去,秋色行难住。^①
六曲屏山深院宇,^②日日风风雨雨。

雨晴篱菊初香,人言此日重阳。^③
回首凉云暮叶,^④黄昏无限思量。

【今译】

秋色快要离去难以挽留,
它却不把我心中的愁一起带走。
在庭院深处的屋宇下,曲折高耸的屏风旁,
天天对着风风雨雨。

雨过天晴,篱下菊花初放清香,
听人说道今天是重阳节。

回头遥望，只见阴凉的云朵和衰飒的树叶。

黄昏时分对那个正在远方的人，

我心中有无限思量。

【注释】

①"将愁"二句　此乃点化辛弃疾《祝英台近·晚春》词"是他春带愁来，春归何处？却不解、带将愁去"而来。辛词"带将愁去"，"将"是语气词，而此处"将愁不去"，"将"则用作动词，携带。

②"六曲"句　屏山：见前《一络索·长城》注。六曲言其曲折之多。

③"雨晴"二句　篱菊：陶潜《饮酒》诗之五有句云"采菊东篱下"，后人因有"篱菊"之称。　重阳：节令名，为夏历九月九日。魏文帝《与钟繇书》："岁月往来，忽复九月九日，九为阳数，而日月并应，故曰重阳。"

④"回首"句　暮叶：暮色中凋残的树叶。

浣 溪 沙

杏花又开,而去年曾上树摘花的那个可爱的恋人已不可见了。作者对花伤情,不觉惘然若失。

伏雨朝寒愁不胜,那能还傍杏花行!
云年高摘斗轻盈。①

漫惹炉烟双袖紫,空将酒晕一衫青。②
人间何处问多情!

【今译】

清晨天气阴沉寒冷,欲雨不雨,
我本已满怀愁绪,
哪里经得住走到杏花边上,又触景生情!
记得去年此时,
她像是要与人比赛谁的体态轻盈似的,
曾经爬上树去摘取高枝上的花。

两只紫袖聊且就沾染药气，

一件青衫也随它带着酒痕。

人世间，我到何处去寻问她的消息啊！

【注释】

①"伏雨"三句　伏雨：沉伏滞郁、欲下不下的雨。　去年高摘斗轻盈：作者另有一首字句与此阕略同的《浣溪沙》，于此句作"摘花高处斗轻盈"，可知高摘是摘取高枝之花的意思。　轻盈：形容女子体态苗条，动作轻巧。

②"漫惹"二句　漫：漫不经心，聊且。　惹：沾染上。　炉烟：此指药炉上升起的烟，也就是药气。　将：带着。　酒晕：指掉落在衣衫上的酒点化开后留下的痕迹。

金　缕　曲

亡妇忌日有感

这又是一阕悼亡之作。作者在卢氏夫人逝世三周年的忌日，追念亡妻，不禁悲从中来，辗转难眠。因想打破人世冥间的界限，通问近来消息；又想跨越今生来世的鸿沟，结个他生知己。词意悲切，而不加修饰，只如家常相对，倾诉衷肠。其一往情深、哀不自胜之处，感人至深。

此恨何时已？

滴空阶、寒更雨歇，葬花天气。

三载悠悠魂梦杳，是梦久应醒矣。①

料也觉、人间无味。

不及夜台尘土隔，冷清清一片埋愁地。②

钗钿约，③竟抛弃。

重泉若有双鱼寄，④

好知他、年来苦乐，与谁相倚。

我自终宵成转侧，忍听湘弦重理？⑤

待结个、他生知己。

还怕两人都薄命，再缘悭剩月零风里。⑥
清泪尽，纸灰起。⑦

【今译】

这种生死永别之恨什么时候才能了结？
更深夜寒，
窗外雨点滴在空阶上的声音刚刚停歇，
正是适宜掩埋落花的天气。
三年久别，魂魄远逝，杳无信息，
如果说人死了形存神离等于入梦，
是梦那早就应该醒了。
想必你也觉得活在世上没有什么意味，
反不如置身坟墓之中，
由尘土把自己同人世隔开，
冷冷清清地将满怀愁苦埋葬在地下。
当初定情的密约，
竟然也抛弃不顾了！

黄泉下如能有书信寄来，
我也好知道她离我去后，

近年来还能与谁同甘共苦，相依为命。

戎自整夜地翻来覆去难以成眠，

怎忍心续弦再娶，另结新欢呢？

等着到来生再成知已，重新结为夫妇，

又只怕两人都是天生薄命，缘分不足，

仍然得不到圆满的结局。

我滴尽了伤心泪，

这时一阵风来吹起了纸灰。

【注释】

①"三载"二句　悠悠：久远貌。　杳：沉寂。　白居易《长恨歌》："悠悠生死别经年，魂魄不曾来入梦。"

②"料也"三句　夜台：墓穴。《文选·陆机〈挽歌〉》："送子长夜台。"李周翰注："坟墓一闭，无复见明，故云长夜台，后人称夜台本此。"

按：卢氏虽然身为贵族之家的冢妇，又与容若感情甚笃，但生前处于封建大家庭之中，必多不如意事，并因之而郁郁寡欢。"料也觉、人间无味"云云，约略透露了其中消息。

③"钗钿"句　钗：金钗。钿：钿盒，即镶嵌金花的盒子。陈鸿《长恨歌传》言唐玄宗得杨玉环，定情之夕"授金钗钿盒以固之"。又白居易《长恨歌》："唯将旧物表深情，钿盒金钗寄将去。"后人因以钗钿指称定情的信物。

④"重泉"句　重泉：黄泉，地下。旧以为人死所归之处。双鱼：书信。秦汉时人往往把书信写在一尺宽的素绢上，再把素绢

夹在两块鲤鱼形的木板中间,然后封固投寄。"双鲤"、"双鱼"因被用作书信的代称。汉乐府《饮马长城窟行》:"客从远方来,遗我双鲤鱼。呼儿烹鲤鱼,中有尺素书。"

⑤"我自"二句　转侧:辗转反侧,指在床上不时地翻身。湘弦:传说湘水女神善于弹琴鼓瑟,故称琴瑟之弦为"湘弦"。又古以琴瑟喻夫妇,丧妻称"断弦",再娶称"续弦"。"忍听湘弦重理"即谓不忍重理断弦,也就是说不想续弦。

⑥"再缘悭"句　悭(qiān 千):缺少,不圆满。　剩月零风:指残缺零落的景况。

⑦"纸灰"句　纸灰:纸钱的灰。旧时习俗祭奠之时要在死者的灵前焚烧纸钱。

鹊 桥 仙

七 夕

容若集中共有两首七夕词。《台城路·塞外七夕》联系行客不归、闺人愁绝，刻画的是生离的痛苦。这一首《鹊桥仙》则专就丧妻之痛立意，诉说的是死别的悲哀。全词写的虽然是对亡妻的怀念，但始终紧紧扣住"七夕"这个题目，用典娴熟自如，能切合抒情的需要，体现了较高的艺术技巧。

乞巧楼空，影娥池冷，佳节只供愁叹。①
宁休曝旧罗衣，忆素手为余缝绽。②

莲粉飘红，菱丝翳碧，仰见明星空烂。③
亲持钿合梦中来，信天上人间非幻。④

【今译】

人逝楼空，这个七夕再也看不到她穿针乞巧，
冷溶溶的池水也再照不见她的倩影，
佳节只能使我发出声声的愁叹。
还记得往年七月初七这一天，

她再三嘱咐我不要忙着去曝晒旧衣服，
而亲手为我缝补整理。

莲荷粉红色的花瓣飘落了，
菱芰碧绿的茎叶上也沾上了白色的细丝，
抬头只见夜空中明星灿烂。
在梦中她亲手捧着当初定情的信物与我
　重逢，
"但教心似金钿坚，天上人间会相见"的话，
可真是一点都不假啊！

【注释】

　　①"乞巧"三句　"佳节只供愁叹"一作"说着凄凉无算"。　乞巧楼：旧时习俗妇女每于七夕对着织女星穿针以乞求巧智，谓之"乞巧"。参见《台城路·塞外七夕》注。又据《东京梦华录》，唐时七夕，长安仕女多结彩楼于庭，称为乞巧楼。　影娥池：《汉武洞冥记》言汉武帝"于望鹄台西，起俯月台，台下穿池广千尺。登台以眺月，影入池中，使宫人乘舟弄月影，因名影娥池"。

　　②"丁宁"二句　丁宁：见前《金缕曲·简梁汾时方为吴汉槎作归计》注。曝（pù）：晒。古时又有七月初七曝晒衣物的习俗。《四民月命》："七月七日，曝经书及衣裳，不蠹。"　素手：女子之手。素，言其莹白。

　　③"莲粉"三句　"菱丝翳碧"一作"菱花掩碧"。　"仰见明星

空烂"一作'瘦了当初一半"。　莲粉飘红：此用杜甫《秋兴八首》诗之七"露冷莲房坠粉红"意。　菱丝：菱荷等水生植物茎叶上至夏末每有白色丝状物，故云。　翳（yì 意）：障蔽。

　　按：三句写夏末秋初景色，"仰见明星空烂"，也暗指见牵牛织女双星相聚而有所涉想。

　　④"亲持"二句　"亲持钿合梦中来"一作"今生钿合表予心"。"信"一作"祝"。　"非幻"一作"相见"。　钿合：参见前《金缕曲·亡妇忌日有感》注。

　　按：此二句用白居易《长恨歌》"惟将旧物表深情，钿合金钗寄将去"及"但教心似金钿坚，天上人间会相见"诗意，也暗切唐玄宗与杨贵妃七夕密誓愿世世为夫妇之典。

南 乡 子

为亡妇题照

　　容若丧偶之后，一直难遣悲怀。在亡妻遗像上题词，犹如当面呼唤，相看泪眼，这时以笔代言，写下来自是字字牵情，语语酸心。

　　　　泪咽更无声，^①止向从前悔薄情。
　　　　凭仗丹青重省识，盈盈，
　　　　一片伤心画不成。^②

　　　　别语忒分明，午夜鹣鹣梦早醒。^③
　　　　卿自早醒侬自梦，更更，
　　　　泣尽风前夜雨铃。^④

【今译】

　　　　我流泪哽咽，哭不出声来，
　　　　只是悔恨当初待你还不够好，
　　　　欠下你许多情分。
　　　　我依据图画来重新辨认你的容颜，

中华聚珍文学丛书——纳兰词今译

你的风致是这样美好，

可是内中的伤心却是谁也画不出来的！

诀别的话还在我耳畔回响，

真是太清楚了！

在那个半夜，比翼双飞、

一辈子共宿共栖的梦早早地破灭了。

你的梦自己做完，

而我仍自在梦境之中，

晚上一更又一更，

就听着风中的雨声铃声如泣如诉！

【注释】

①"泪咽"句　咽(yè 业)：呜咽，哽咽，因极度悲伤而说不出话来。

②"凭仗"三句　凭仗：依靠，依赖。丹青：丹、青二色是绘画的主要颜料，因用以代指图画。　省(xǐng 醒)识：察看、辨认。杜甫《咏怀古迹五首》诗之三："画图省识春风面。"　盈盈：见《浣溪沙》"记绾长条欲别难"阕注。　一片伤心画不成：此用高蟾《金陵晚望》诗"世间无限丹青手，一片伤心画不成"成句。

③"别语"二句　忒(tè 特)：太，过甚。　午夜：半夜。　鹣鹣：传说中的比翼鸟。《尔雅·释地》："南方有比翼鸟焉，不比不飞，其名谓之鹣鹣。"后多用以喻夫妇恩爱。

④"卿自"三句　卿：古时君对臣,上对下的一种爱称,也用作夫妇间、爱人间的互称,但一般情况下是男称女。　夜雨铃：参见《木兰花·拟古决绝词柬友》注。

按：容若有人生如梦、欢情如梦的消极思想,所以在这里把人死当作梦醒,而把自己仍活在人世并且难忘旧情看作处于梦中。

荷 叶 杯

上阕写旧日情事,活泼生动,风致嫣然。下阕道今日相思,托意梦境,也清婉可观。

帘卷落花如雪,烟月。①
谁在小红亭?
玉钗敲竹乍闻声,②风影略分明。

化作彩云飞去,③何处?
不隔枕函边。
一声将息晓寒天,④肠断又经年。

【今译】

卷起帘来,只见落花纷飞如同雪花飘舞,
云炬之中,月色朦胧。
是谁在红色的小亭中?
忽然听到玉钗敲竹的声音,
我约略认出了她在风中的身影。

她已化作一片彩云，

不知飞向何处了。

她虽已离去，但总在我梦中出现，

似乎一直在我枕边一样。

今天梦中又相遇，临别时刚说得一声保重，

一觉醒来，正是晓寒天气。

同她分离后，一年多的时间过去了，

想起来真教人伤心肠断。

【注释】

①"烟月"句　烟月：云气遮掩的明月。

②"玉钗"句　乍：忽然，突然。

按：玉钗敲竹，当是伊人在传递信号，招呼作者。

③"化作"句　李白《宫中行乐词》："只愁歌舞散，化作彩云飞。"李诗以彩云喻美人，此则用以指离去的恋人。

④"不隔"二句　枕函：中空可以贮物的匣状枕头。　将息：休息，保养。

清 平 乐

弹琴峡题壁

弹琴峡在今北京市昌平县西北境,处居庸关内。容若扈从至此,在苍劲的秋风之中,极目关塞,忽起兴亡之感,遂写下了这一首气韵苍凉的《清平乐》,并用以题壁。

泠泠彻夜,谁是知音者?①
如梦前朝何处也,一曲边愁难写。②

极天关塞云中,③人随雁落西风。
唤取红巾翠袖,莫教泪洒英雄。④

【今译】

弹琴峡整夜发出清脆的琴声,
谁是你的知音之人呢?
前朝如同梦境一样不知消失到何处去了,
弹琴峡弹出的这一曲边愁难以描写形容。

高耸入天的关塞掩映在云雾之中,

在西风凛冽之时，

人随飞雁落脚此地小作停留。

但愿唤来能慰人解愁的女子，

不要使英雄满怀悲凉对此挥泪。

【注释】

①"泠泠"二句　泠（líng 零）泠：清脆的响声，多指琴音。陆机《文赋》："昔泠泠而盈耳。"刘长卿《弹琴》诗："泠泠七弦上。"此指峡中水流声，据《嘉庆一统志》，弹琴峡即因"水流石罅（xià 下），声若弹琴"而得名。　彻夜：通宵，整夜。　知音：原指精通音律者。《吕氏春秋》和《列子》都记春秋时伯牙善鼓琴，而钟子期能从他的琴声中听出意旨所在，子期死，伯牙因世无知音而破琴绝弦。故后又以"知音"称知己之人。

②"如梦"二句　前朝：指明朝。　边愁：戍边或行边之人，因处境危险、生活艰苦、思念家人而产生的一种感情。

按：居庸关在明代是边防要地，且是西北方向捍卫北京的最后一道重要关隘，有重兵据守。崇祯十七年二月，李自成领导的大顺农民军至关，守军不战而降，打开了通向北京的大门，农民军乘胜直入，随即攻入北京，推翻了明王朝。此云"如梦前朝何处也"，当是由此兴叹。

③"极天"句　杜甫《秋兴八首》诗之七："关塞极天惟鸟道。"极天：高入天际。

④"唤取"二句　辛弃疾《水龙吟·登建康赏心亭》词："倩何人唤取，红巾翠袖，揾英雄泪。"　红巾翠袖：妇女的装束，此用以代指善解人意的女子。

中华聚珍文学丛书—纳兰词今译

临 江 仙

寒 柳

　　咏物词要写好很不容易,正如南宋著名词人张炎在其论词著作《词源》中所说的那样:"体认稍真,则拘而不畅;模写差远,则晦而不明。"如果单纯地就物咏物,即使刻画形容到维妙维肖的地步,总也呆板无神,意义不大,算不得上乘之作。所以论者多以为好的咏物词必须"不离不即",也就是既不偏离所咏之物,又不黏着于物上,而做到有物有情。容若这一首咏寒柳之作,就在咏物时融入自己的思想感情,而且"收纵联密,用事合题"(此八字为《词源》对咏物词所提的要求),实际上是借物寓情,因物见意,所以自臻妙境。对此,连一向对纳兰词持论较苛的陈廷焯也表示叹服,评为"言中有物,几令人感激涕零"(见《白雨斋词话》卷六)。

　　飞絮飞花何处是? 层冰积雪摧残。①

　　疏疏一树五更寒。②

　　爱他明月好,憔悴也相关。

　　最是繁丝摇落后,转教人忆春山。③

　　湔裙梦断续应难。

　　西风多少恨,吹不散眉弯。④

【今译】

那飘飞的柳絮杨花都到哪里去了?

现在柳树正受到层冰和积雪的摧残。

一树枝叶稀稀疏疏,

忍受着五更时的寒气。

可敬爱的是明月有好意,

即使衰柳如此憔悴,

也仍然清辉相照,表示关怀。

当初繁密翠绿的柳丝已经零落凋残,

正在这种时候,反而使人回忆起了如同春山

　　一般美好的双眉。

旧时的情事就像做了半截的梦,醒来就难以

　　复续了。

西风阵阵,带着多少怨恨之情,

吹啊吹,再也吹不开一双愁眉。

【注释】

①"飞絮"二句　花:指杨花,也就是柳絮。柳絮飘飞是晚春

景象。

按：入笔就紧扣题目，第一句写出"柳"字，第二句点明"寒"字。

②"疏疏"句　五更：古分一夜为五个更次，五更是天快亮的时候。

③"最是"二句　最是：正是，恰是。　摇落：见前《沁园春》"瞬息浮生"阕注。　春山：此指女子所画之眉。李商隐《代赠》诗之二："总把春山扫眉黛。"容若有《题照》诗云："就中真色图难就，最是春山两笔难。"亦以"春山"代眉。

按：古人每以"春山"形容女子所画之眉，又往往把女子之眉比作柳叶（如白居易《长恨歌》"芙蓉如面柳如眉"），这里由眼前的衰柳想到未摇落时的繁丝，又想到柳叶，于是由物及人，转而忽忆"春山"。

④"湔裙"三句　湔（jiān 肩）裙：湔，洗涤。唐代诗人李商隐在《柳枝》诗小序中说，他在洛阳居住时，邻家一个名叫柳枝的少女爱慕他的诗才，曾经扯断自己的衣带托人请他题诗。一日相遇，柳枝对他说："后三日邻当去湔裙水上，以博山香待，与郎俱过。"他因故未能践约而去了长安，冬天再到洛阳打听，柳枝已"为东诸侯取去矣"。容若在这里用此故事似乎是暗指与自己有关的一段情事。

眉弯：眉形弯曲，故云。

按：此三句是设想所忆女子的景况：当日的"春山"现在怎么样呢？因"湔裙梦断续应难"而成了一双愁眉。"湔裙"暗用柳枝典故，末云"眉弯"，而眉如柳叶，均照应了题中的"柳"字。

昭 君 怨

　　此词上阕写伤秋，下阕写怀人，总不离"相思"二字。虽然立意平平，但其构思和用字，尚有值得称道的地方。所谓"别有心情"，自是相思之苦。言"未是诉愁时节"，一则因为此情最宜在重逢时对那人当面絮说，而现在倾诉的对象不在身边；二则既已明知所思之人不会突然出现在眼前，那就只想能在梦中相见，天色已晚，当及早入梦，无暇诉愁，偏偏又欲睡不能。不说"梦难成"而说"梦须成"，"须"字刻画心理传神。应已成梦，却未成梦，欲求成梦，无奈终不成梦，正见愁之深、思之苦。

暮雨丝丝吹湿，倦柳愁荷风急。①
瘦骨不禁秋，总成愁。

别有心情怎说？未是诉愁时节。
谯鼓已三更，②梦须成！

【今译】

黄昏时丝丝细雨飘来，弥漫着一片湿意。
秋风急吹，那衰柳残荷摇晃不已。
一身瘦骨再也禁受不起秋风秋雨的摧折了，

眼中的一切都使人感到愁苦。

心中别有一般滋味,可是怎么表达呢?
现在可不是诉说相思愁的时候。
听谯楼上的鼓声已报三更,
同那人相聚的好梦应该做成了!

【注释】

①"倦柳"句 倦柳愁荷:此言秋景萧条,若柳若荷都已失去了春夏时的那种生动、新鲜的神态。史达祖《秋霁》词:"江水苍苍,望倦柳愁荷,共感秋色。"

②"谯鼓"句 谯(qiáo乔)鼓:谯指谯楼,即筑于城门之上用以望远的城娄。古每于谯楼中置鼓报时。

太 常 引

　　"梦也不分明,又何必、催教梦醒!"至情流露,不假雕饰,随口说来,自然而然有此警句。纳兰词的胜境,于此可见一斑。此二句回应首句"撼花铃"。好不容易入梦了,梦中依稀与她相见、团聚,偏偏风起铃响,把人惊醒。连不分明的梦都不让做,这离愁实在难以排遣。二句未经人道,颇有新意,陈廷焯评为"颇凄警"(《白雨斋词话》卷六)。

　　　晚来风起撼花铃,人在碧山亭。①

　　　愁里不堪听,那更杂、泉声雨声。

　　　无凭踪迹,无聊心绪,②谁说与多情。

　　　梦也不分明,又何必、催教梦醒。

【今译】

　　　夜来风起撼动了护花铃,

　　　我人在青山下的驿馆之中。

　　　满怀愁绪听不得这凄凉的铃声,

　　　更何况铃声中又夹杂着雨声泉声。

我现在这没有定准的行踪，

这烦闷无聊的心情，

能请谁向多情的她诉说呢？

我的梦境本来就不很清楚，

又何必催我梦醒呢？

【注释】

① "晚来"二句　花铃：《开元天宝遗事》记载，唐玄宗的哥哥宁王李宪曾命人用红丝绳连缀许多金铃，系在园中花梢之上，鸟雀飞来，守园人就牵动丝绳，让铃声惊走它们。后人用此为护花的典故，有"护花铃"之称。但这里的花铃恐怕是借指檐间铁马，因为其时其地都不可能真有系铃花上之事。　亭：此指驿亭、驿馆，即旧时官方设置的行旅止息之所。

② "无凭"二句　无凭：不定，没有依托。　无聊：烦闷不乐，精神无所寄托。王逸《九思·逢尤》："心烦愦兮意无聊。"

南 乡 子

捣 衣

"九月寒砧催木叶,十年征戍忆辽阳"(沈佺期《古意呈补阙乔知之》诗)。"长安一片月,万户捣衣声。秋风吹不尽,总是玉关情"(李白《子夜吴歌》)。秋风一起,戍边军士们的妻子就要忙着为远方的亲人准备寒衣了。水边砧上,清杵声声,那月下捣衣的动人情景,包含着思妇们的深情,牵动了骚人们的诗思。容若这一首《南乡子》也是以此为题材创作的,而意境凄清,心理描写非常细腻,在众多的同题作品中,有其独到之处。

鸳瓦已新霜,^①欲寄寒衣转自伤。
见说征夫容易瘦,端相,
梦里回时仔细量。^②

支枕怯空房,且拭清砧就月光。^③
已是深秋兼独夜,凄凉,
月到西南更断肠。

【今译】

屋瓦上已结了一层新霜,

想给远戍边庭的亲人寄送寒衣，
忽然自己又伤感起来。
听说在外征戍的人容易消瘦，
什么时候在梦中见他归来，
我要好好看看他，
仔仔细细地把他的身材量一量。

靠着枕头想安睡，
却又禁受不住这空房独守的滋味，
还是姑且把水边的石砧揩拭干净，
趁着月光捣衣吧。
已经到了深秋时节，
何况又是长夜独处，
心情万般凄凉，
看月亮移到西南的天边，
好不容易又捱过了一夜，
思前想后越发伤心。

【注释】

① "鸳瓦"句 鸳瓦：屋瓦—仰一俯相配成偶，称为鸳鸯瓦，简

称鸳瓦。

②"见说"三句　见：这里是听闻的意思。　征夫：征役之人，这里指戍边的丈夫。　端相：端详，仔细地看。

按：三句承上"欲寄寒衣转自伤"，写忽而伤感的原因。因秋凉而欲寄寒衣，自然会想起丈夫的身量，却怕他已因边地生活艰苦而消瘦，不知瘦了多少，无由见面，又只好梦里端详。笔法细密，丝丝入扣。

③"支枕"二句　支枕：用枕头支着身体，也就是倚枕的意思。　怯空房：参见《青衫湿遍·悼亡》注。但这里言怯，不是指胆小害怕，而是说忍受不了、禁受不住。拭（shì 式）：擦，揩。　砧（zhēn 真）：捶东西或砸东西时垫在下面的器物。古时洗衣要用木杵捶打衣物以去污，垫在衣物下面的石板就是"砧"。此谓"清砧"是因其清洁光滑而言。杜甫《捣衣》诗："亦知戍不远，秋至拭清砧。"

秋 千 索

渌水亭春望

此作点染春色，笔笔如画，风格清新俊逸。惯作伤感语的容若原来也能弹出轻快的春之旋律，使人耳目为之一新。

炉边换酒双鬟亚，
春已到、卖花帘下。
一道香尘碎绿蘋，看白袷、亲调马。①

烟丝宛宛愁萦挂，
剩几笔、晚晴图画。
半枕芙蕖压浪眠，教费尽、莺儿话。②

【今译】

炉边卖酒的少女双鬟低垂，
深深的春色已在卖花声中来到帘下。
一道夹着春天气息的烟尘冲破了水中的绿萍，
只见穿着白色夹衣的少年正在岸边训练

爱马。

雾霭中的柳丝柔弱无力，

就像被愁意所缠绕牵挂，

它们似乎是一幅晚晴图中剩下的美妙画面。

倚枕而望，那半边荷花正压着水波平躺在池
　　面上，

就是费尽莺儿的啼声也留不住这将要逝去的
　　春光。

【注释】

①"垆边"四句　垆(lú 卢)：酒店中安放酒瓮的土墩。　换
酒：买酒和卖酒都可称作换酒，这里是卖酒的意思。　鬟：环形的
发髻。双鬟是少女的发式。辛延年《羽林郎》诗："胡姬年十五，春
日独当垆……双鬟何窈窕，一世良所无。"　香尘：春天野花遍开，
马蹄带香，所以这里称奔马扬起的烟尘为香尘。　蘋：同"萍"。袷
(jiá 夹)：夹袄。　调马：调教、训练马匹。

②"烟丝"四句　烟丝：见前《踏莎行》"春水鸭头"阕注。　宛
宛：柔弱貌。庾信《游山》诗："宛宛藤倒垂，亭亭松直竖。"一说以为
回旋屈伸貌。　萦挂：见前《一络索》"过尽遥山如画"阕注。　半
枕：此表示范围，意指侧卧时所对的那一面。　芙蕖：荷花的别
称，此似指荷叶。　教费尽、莺儿话：此用王安国《清平乐》词"留春
不住，费尽莺儿语"语意。

秋 千 索

渌水亭春望

　　此词与前首同调同题,但前首着重描写春天的景色,此则意在回忆往日情事。

　　渌水亭是纳兰家别墅,原址在北京西郊玉泉山下(见《宸垣识略》卷十四)。

　　药阑携手销魂侣,

　　争不记、看承人处?①

　　除庭东风诉此情,奈竟日、春无语。

　　悠扬扑尽风前絮,

　　又百五、韶光难住。②

　　满比梨花似去年,却多了、廉纤雨。③

【今译】

　　当初在花栏旁携手漫步,

　　她真是一个使人销魂的伴侣!

　　我怎么会不记得——

这个曾经接待并庇护过我们的地方呢？

我此时的心情除非去向东风倾诉，

无奈以东风为使者的司春之神，

一天到晚默默无语。

在风前悠悠扬扬扑面而来的柳絮快要飘尽，

又到了寒食节，那春光已不可挽留。

满地都是凋落的梨花，

情景同去年相似，

只是多了眼前这丝丝细雨。

【注释】

①"药阑"二句　药阑：李匡乂《资暇录》："今庭园中药阑，阑即药，药即阑，犹言围援，非花药之阑也。"这是说药、阑同义重用，都是栏杆的意思。但观容若紧接又用"看承"一词，而"看承"出自韩琦的一首赏芍药诗，芍药原可省称药。所以这里的"药阑"，还是应理解为花药之栏。前人诗每以"药阑"与"藤架"、"蔬圃"等相对，也正作花药之栏解。杜甫《有客》诗："乘兴还来看药栏。"邵宝注："药栏，花药之栏槛也。"此云"药阑携手"，语出赵长卿《长相思》词："药阑东，药阑西，记得当时素手携。"容若另有《四和香》词，亦云"红药阑边携素手"，可参看。　销魂：此指爱到极度时产生的仿佛魂与身离的境界。　争：同"怎"。　看承：原意是护持、照看。韩琦《和袁节推龙兴寺芍药》诗："闻得龙兴好事僧，每岁看承不敢

暇。"此则谓那时二人漫步花间,似乎受到药阑的护持。

②"悠扬"二句　悠扬:飘扬。　百五:即"一百五日",指冬至后一百零五天、清明前两天的寒食。《荆楚岁时记》:"去冬节(冬至节)一百五日,即有疾风甚雨,谓之寒食,禁火三日。"　韶光:春光。

④"却多了"句　廉纤:细微貌,多用以形容细雨。韩愈《晚雨》诗:"廉纤晚雨不能晴。"黄庭坚《次韵赏梅》诗:"小雨廉纤洗暗妆。"

台 城 路

上 元

　　旧以夏历正月十五为上元节,其夜即称元宵、元夕或元夜。元宵放灯纵乐,是相沿已久的习俗。此词以"上元"为题,但不是泛泛的节令应景之作。上阕虽然也写到流连灯市,被火树银花的繁华景象所陶醉,但这不过是为下阕转而言因观灯而触发旧情后的无限相思、深深伤感作铺垫。词的主旨,是追怀自己从前的那一段未得美满结果的恋情。前后感情不一,跳跃较大,但用"旧事惊心,一双莲影藕丝断"二句过拍,衔接自然,颇有章法。

阑珊火树鱼龙舞,望中宝钗楼远。①
鞚鞨余红,琉璃剩碧,待嘱花归缓缓。②
寒轻漏浅。正乍敛烟霏,陨星如箭。③
旧事惊心,一双莲影藕丝断。④

莫恨流年逝水,恨消残蝶粉,韶光忒贱。⑤
细语吹香,暗尘笼鬓,都逐晓风零乱。⑥
阑干敲遍。问帘底纤纤,甚时重见?⑦
不解相思,月华今夜满。

【今译】

树上的盏盏灯火逐渐暗淡了，

但灯市上百戏杂陈，热闹非凡。

一眼望去，远处有箫管纷纷的贵家楼台。

那些鲜艳的彩灯好像分得了�所余的红，

借来了琉璃剩下的绿，

我正要嘱咐游伴仔细观赏，慢慢归去。

天气已不很寒冷，

夜色也不算太晚，

这时看见一团烟雾突然收拢，

似乎有无数陨星像箭一般从天上飞落。

忽然看见一对莲花灯触目惊心，

使我想起了往事：

与她未成并蒂莲，但情丝恰似藕丝欲断还连。

不要恨年岁像水一样匆匆流逝，

要恨那如蝶粉般轻易消损的春光太不值钱。

耳边的细语，吹来阵阵口脂香，

微微扬起的尘土沾满了鬓发，

语声鬓影都随着晓风吹过而零落不堪。

我把栏杆敲遍，

问什么时候才能与她重新见面呢？

月亮它不懂相思，

今晚团栾无缺，光辉照射。

【注释】

①"阑珊"二句　阑珊：衰残，零落。　火树：元宵在树上挂满灯火，称之为火树。苏味道《观灯》诗："火树银花合。"　鱼龙舞：《汉书·西域传赞》提到汉时有"漫衍鱼龙角抵之戏"，指各种杂技魔术表演。这里用以泛指元宵民间赛会的各种杂戏。辛弃疾《青玉案·元夕》词："凤箫声动，玉壶光转，一夜鱼龙舞。"　宝钗楼：汉武帝曾建宝钗楼，这里用以泛指装饰华丽的楼台。蒋捷《女冠子·元夕》词："春风飞到，宝钗楼上，一片笙箫，琉璃光射。"

②"靺鞨"三句　靺鞨（mò hé 末合）：古代的一种民族，隋唐时分布在黑龙江下游及松花江流域。据《丹铅录》、《唐宝纪》等书记载，靺鞨地"产宝石，大如巨粟"，当时中原地区的人把这种宝石也称作"靺鞨"。这里即以靺鞨作为红宝石的代称。　琉璃：用扁青石为药料烧制的有玻璃光泽的物品，可以有各种颜色，而绿色较多。　花归缓缓：苏轼《陌上花》诗小序言："吴越王妃，每岁春，必归临安，王以书遗妃曰：'陌上花开，可缓缓归矣。'"此用其语，意谓灯彩如花，正堪流连。

③"正乍敛"二句　烟霏：云雾迷蒙。这里指放焰火时出现的烟雾弥漫的状况。　陨星如箭：这里用以比喻焰火飞进的样子。辛弃疾《青玉案·元夕》词云"更吹落、星如雨"，亦以落星喻焰火。

　　按：以上写元宵夜游赏灯所见的景象，气氛热烈，从"待嘱花归缓缓"句看,作者的心境也是愉快的。

④"旧事"二句　莲影:此莲当指莲花灯。　藕丝:孟郊《去妇》诗:"妾心藕中丝,虽断犹连牵。"后人每以藕断丝连来表示情意尚未完全断绝。

按:此二句言由一双莲灯联想到以往的情事,勾起心中隐痛,承上启下,是很巧妙的过渡。容若另有《一丛花》词咏并蒂莲,提到"藕丝风从凌波云",也以一双莲花喻一对恋人,以藕丝喻情意绵绵。

⑤"莫恨"三句　"逝水"一作"如水"。　消残:消蚀,损残。蝶粉:蝴蝶翅膀上的粉末。　忒(tè特):太,过于。　韶光:春光。汤显祖《牡丹亭·惊梦》:"锦屏人忒看的这韶光贱。"

按:这三句是说流年如水固然可叹,但更可悲的是如水流年中最美好的春光,也就是人生中最可留恋的那些时光,偏偏又最容易消逝。

⑥"细喜"三句　笼:包。这里是沾上去的意思。　逐:随。零乱:零落散乱。

按:此三句似追忆往年元宵与所恋之人在一起的情景。古时元宵是恋人约会的大好时机。容若在另一首咏上元的《金菊对芙蓉》词中说道:"鱼龙舞罢香车杳,剩尊前、袖掩吴绫。狂游似梦,而今空记,密约烧灯。"又有一首《鹊桥仙》词也说:"前期总约上元时,怕难认、飘零人物。"可见他和她确曾有过元宵密约相会之事。

⑦"阑干"三句　阑干敲遍:韩偓《倚醉》诗:"拍遍阑干唤不应。"周邦彦《感皇恩》词:"敲遍阑干谁应。"此云"阑干敲遍",当亦寓"唤不应"、"谁应"之意。　纤纤:娇小柔美貌。《古诗十九首》之二:"娥娥红粉妆,纤纤出素手。"又辛弃疾《念奴娇·书东流村壁》词:"行人曾见,帘底纤纤月。"辛词似指女子之足而言,此"帘底纤纤"则指所恋之人。　甚时:什么时候。

水 调 歌 头

题 岳 阳 楼 图

这是一首意境空灵,格调超逸的题画词。词中结合画面所绘的景色,融入了不少有关岳阳楼、洞庭湖的典故名句,流畅自如,不露痕迹。全词音节铿锵,一气呵成,而又余韵袅袅,回响不绝。

落日与湖水,终古岳阳城。①
登临半是迁客,历历数题名。
欲问遗踪何处? 但见微波木叶,
几簇打鱼罾。②
多少别离恨,哀雁下前汀。③

忽宜雨,旋宜月,更宜晴。④
人间无数金碧,未许著空明。⑤
淡墨生绡谱就,待倩横拖一笔,
带出九疑青。
仿佛潇湘夜,鼓瑟旧精灵。⑥

【今译】

面对着辉煌的落日和浩淼的湖水，

岳阳城永远屹立。

细数壁上的提名，可知历来到此登临的，

半数是被流迁遭贬谪的失意之人。

要问他们的遗踪在什么地方，

现已不可追寻，

只见微波阵阵落叶飘零，

湖面上一簇一簇地散布着许多正在撒网打鱼
 的小船。

登楼远眺，引起了多少别愁离恨，

那哀声凄哀的雁群又正飞落在前面的沙
 洲上。

岳阳楼的美景，忽而适宜在雨中欣赏，

忽而适宜在月下领略，

而更适宜的是在晴空万里的时候登临纵目。

人间有无数描绘岳阳楼的金碧山水画，

都未能像这幅图画那样，

显出水天一碧中的岳阳楼通明灵澈的气韵。

它就像是一首用淡墨和生绡谱成的乐曲，

我想请画家在画面上再横拖一笔，

带出九疑山的青青山色，

那么画中就仿佛传出潇湘之夜湘水女神鼓瑟

　的声音了。

【注释】

①"落日"二句　终古：久远，永远。　岳阳城：岳阳楼所在的巴陵县（今湖南省岳阳市）县城。

按：此云岳阳城，其意实偏指岳阳楼。岳阳楼即巴陵西门城楼，始建于唐代，历代都曾重建或重修，是著名的古迹。楼高三层，西向面对落日，又下临洞庭湖水。"昔闻洞庭水，今上岳阳楼"（杜甫），"气蒸云梦泽，波撼岳阳城"（孟浩然），"叠浪浮元气，中流没太阳"（刘长卿），历来吟咏岳阳楼的作品必连及洞庭，且多涉夕阳。容若此作起笔即强调"落日与湖水"，亦由此。

②"登临"五句　迁客：被贬谪放逐的官员。　历历：分明可数。　微波木叶：《楚辞·九歌·湘夫人》："袅袅兮秋风，洞庭波兮木叶下。"　罾（zēng 增）：有竹木支架的方形鱼网。

③"多少"二句　汀：水中或水边的平地，小洲。

按：落日、湖面、微波、木叶、鱼罾、哀雁，当都是《岳阳楼图》画面上用来陪衬岳阳楼的景色。

④"忽宜雨"三句　旋：不久，顷刻。

按：范仲淹《岳阳楼记》即云岳阳楼"朝晖夕阴，气象万千"，指出在"上下天光，一碧万顷"的晴日登楼最为心旷神怡。

⑤"人闽"二句　金碧：中国画颜料中，泥金、石青、石绿三色合称金碧，用金碧为主色绘成的山水画称为金碧山水，金碧山水往往把富丽堂皇的殿堂楼台当作表现对象。　未许：这里是未能的意思。　著：显明，显出。　空明：空，清空；明，明澈。

⑥"淡墨"五句　生绡：生丝织成的薄绢，可用以绘画。　倩：请。　九疑：山名，又名苍梧山，在今湖南省宁远县南，相传虞舜葬于此山。　萧湘：原意为清深的湘水，后世多用以泛指湖南地区。鼓瑟旧精灵：精灵谓湘水女神，或以为即虞舜之妃，相传善于鼓瑟。《楚辞·远游》："使湘灵鼓瑟兮，令海若舞冯夷。"

按"带出九疑青"、"鼓瑟旧精灵"，暗用唐代钱起"曲终人不见，江上数峰青"（《省试湘灵鼓瑟》）诗意。

踏 莎 行

寄 见 阳

　　容若"生长华阀,淡于荣利"(徐乾学《通志堂集序》),"虽处贵盛,闲庭萧然"(严绳孙《成容若遗稿序》),"身游廊庙,恒自托于江湖"(吴绮《饮水词序》),其襟怀雅旷,为人无贵游习气,是当时师友们所共知、共许的。容若本人所作诗词也屡屡流露不愿受名缰利锁的羁绊,唯求反璞归真得享自然的想法。这恐怕不是故作姿态的矫情之说。这一首《踏莎行》强调"赏心应比驱驰好"、"人生何事缁尘老",在一定程度上反映了他的真实思想,是读纳兰词者不应忽略的。

　　词题中的"见阳"是容若的挚友张纯修。纯修字子敏,号见阳,汉军旗人,容若与之过从甚密,且多书札往还,情好如"异姓昆弟"。容若死后,纯修刊其遗作《饮水诗词集》,又装容若手札二十九通为一卷,以志永怀。

倚柳题笺,当花侧帽,
赏心应比驱驰好。①
错教双鬓受东风,看吹绿影成丝早。②

金殿寒鸦,玉阶春草,
就中冷暖和谁道!③

小楼明月镇长闲，人生何事缁尘老？④

【今译】

　　靠着柳树题诗，对着鲜花侧帽，
　　心中充满喜悦之情，
　　这样做总比违反本愿驱驰奔逐于名利场
　　　　上好。
　　错误地让自己的双鬓承受东风的吹拂，
　　眼看一头青丝早早地被吹成白发。

　　金碧辉煌的殿堂旁飞过了寒鸦，
　　精致华美的台阶上长出了春草，
　　这里面的冷和暖能向谁诉说呢！
　　居小楼，赏明月，日常悠闲自得。
　　人生在世又为什么要在名利场上，
　　奔走风尘直到老死？

【注释】

　　①"倚柳"三句　笺：精美的纸，这里是指用以题诗的诗笺。
当：对当，面对着。　　赏心：乐意，心中喜悦。　　驱驰：这里指为名利而奔走竞逐。

　　②"错教"二句　东风：这里是指繁华场中的种种风气。　绿影：此谓乌黑的鬓发。　丝：喻白发。

　　③"金殿"三句　金殿：饰金之殿，言其富丽堂皇。　寒鸦：寒天的乌鸦。王昌龄《长信宫》诗之二："奉帚平明金殿开，且将团扇共徘徊。玉颜不及寒鸦色，犹带昭阳日影来。"咏汉成帝时班婕妤失宠自请居长信宫侍奉太后事，而以赵飞燕擅宠昭阳作对比，显见一冷一暖。此云"金殿寒鸦"，即用王诗之意。　玉阶：美丽如玉的台阶。　就中：内中，其中。

　　按：三句致慨于荣华易逝，世态炎凉。

　　④"小楼"二句　镇：长久。诗词中每见"镇日"、"镇年"之语，意谓整日，整年，亦即常日，常年。　缁尘：见前《金缕曲·赠梁汾》注。

　　按：容若在致张见阳信中也提到"长安中烟海浩浩，九衢昼昏，元规尘污（东晋庾亮字元规，以帝舅的身份出镇武昌而暗执朝廷大权，王导心中不平，每逢西风扬尘，就用扇遮面，说是"元规之尘污人"），非便面（扇的别称）可却"（第二十八札），"东华软红尘，只应埋没慧男子锦心绣肠，仆本疏慵，那能堪此"（第二十九札），其意与此相仿佛，可参看。

中华聚珍文学丛书——纳兰词今译

鹧 鸪 天

　　思妇在"秋滟滟,月弯弯"时怀念征人,悬想"明朝匹马相思处,知隔千山与万山";征人在"瘦马关山道"上怀念思妇,又拟"凭将旧黛窥前月,持向今朝照别离"。下面两阕《鹧鸪天》分写征人思妇两地相思,正好互相映衬,合而观之,更见经营之妙。

　　冷露无声夜欲阑,①栖鸦不定朔风寒。
　　生憎画鼓楼头急,不放征人梦里还。②

　　秋滟滟,月弯弯,无人起向月中看。③
　　明朝匹马相思处,知隔千山与万山!

【今译】

　　阴冷的露水静悄悄地沾湿了户外的一切,
　　夜深北风凛冽,栖巢的乌鸦惊扰不安。
　　最使人恼恨的是画鼓在城头急敲,
　　不放远行的亲人的梦魂回来与我相见。

　　秋色滟滟,月儿弯弯,

没有人起来在月下观赏夜景。

明天早晨我的相思之情要追随他骑马登程，

他踏上的路应该同这儿相隔有千万重山！

【注释】

① "冷露"句　阑：深，晚。

② "生憎"二句　"生憎画鼓楼头急"一作"楼头画鼓三通急"。
生：这里用作表程度的副词，略等于"最"。　画鼓：饰有彩画的
鼓。这里是指更鼓。

按：更鼓紧敲，难以入睡，自不能与所思念的人在梦中相会，而
鼓声除报时外又有禁夜的用意，所以又设想更鼓紧敲是"不放征人
梦里还"——把征人归家的梦魂拒于城门之外了。

③ "秋澹澹"三句　"月中"一作"五更"。　澹（dàn）澹：广漠
静谧貌。蔡伸《小重山》词："澹澹秋容烟水寒。"

又

雁贴寒云次第飞，①向南犹自怨归迟。
谁能瘦马关山道，又到西风扑鬓时？②

人杳杳，思依依，更无芳树有乌啼。③
凭将扫黛窗前月，④持向今朝照别离。

【今译】

一群大雁紧贴着寒云依次飞过。
它们飞向南方，
尚且还怨归去太迟。
骑着瘦马行进在关山之间的古道上，
偏偏又到了西风扑面的时候，
这种景况谁能忍受得了？

那人同我相隔遥远，
我对她的思念始终不断。
眼前根本看不到枝叶茂盛、生机勃勃的树木，只听得乌鸦在啼叫。

我就想请她把那像镜子一样，

她曾对之画眉梳妆的窗前明月，

今天拿过来照耀我这正忍受着别离之苦
的人。

【注释】

①"雁贴寒云"句　次第：按着顺序。

②"谁能"二句　是反问语气，当一气连读。云"瘦马"、云"关
山道"、云"西风扑面"，当是从马致远《天净沙·秋思》曲"古道西风
瘦马"句化出，而暗含"断肠人在天涯"之意。雁能南归，尚且恨迟，
人则北行，离家日远。相形之下，因有"我不能堪"之叹。

③"人杳杳"三句　杳杳：深远貌。　依依：恋恋不舍。
更：此表示程度之深，"更无"犹言"绝无"。　芳树：春树，又泛指
生意盎然之树。

　　按："更无芳树有乌啼"，"芳树"当喻别前两人欢聚时的良辰美
景赏心乐事，"乌啼"当指眼前的凄凉情景。

④"凭将"句　凭：请。　扫黛：画眉。黛是古代妇女用来画
眉的一种青黑色的颜料。

南 歌 子

这首词写病中女子的相思之情、别离之苦,情调尤为凄婉,
此即所谓"哀感顽艳,得南唐二主之遗"(陈维崧评纳兰词语)。

翠袖凝寒薄,帘衣入夜空。①
病容扶起月明中,
惹得一丝残篆、旧熏笼。②

暗觉欢期过,遥知别恨同。
疏花已是不禁风,
那更夜深清露、湿愁红。

【今译】

翠袖凝聚着寒气更显单薄,
夜来帘衣褪尽,帘幕低垂。
她带着病容强支病体起来观望明亮的月色,
沾染了旧熏笼里残香浮出的一丝轻烟。

暗中觉得相约欢聚的日期已经逝去，

遥知对方一定也抱着与自已相同的别离
　　之恨。

枝头稀稀落落的花已经不起阵风再来摧折，

哪里还能忍受夜深时分的点点清露？

看那带露的花朵，就像是愁人在啼血一样。

【注释】

①"翠袖"二句　翠袖：女子绿色的衣袖。杜甫《佳人》诗："天
寒翠袖薄，日暮倚修竹。"　帘衣：这里指帘套。

②"病容"二句　扶：此谓支持病体。　惹：沾染。何逊《九
日侍宴乐游原》诗："同惹御香芬。"　残篆：残存的香烟。香点燃后
烟雾萦回如同篆字，故以"篆"代称香烟。或又谓排成篆字形状的
香。　熏笼：罩在熏炉上用以熏香或烘干衣物的笼格。

中华聚珍文学丛书　纳兰词今译

南 乡 子

　　絮飞、芘落、日斜、风定，一位少女倦绣无聊，楼头闲立，俯看鸳鸯，心有所感。此词写晚春情思，笔调轻快明朗。读者吟此，自然而然能在自己的脑海中勾勒出一幅色彩美丽、形象生动的图画。

　　　飞絮晚悠飏，斜日波纹映画梁。^①
　　　刺绣女儿楼上立，柔肠，
　　　爱看晴丝百尺长。^②

　　　风定却闻香。吹落残红在绣床。^③
　　　休堕玉钗惊比翼，双双，
　　　共喋蘋花绿满塘。^④

【今译】

　　　黄昏时分柳絮飘飞不定，
　　　房梁上映照着阳光斜射下的池面的波纹。
　　　刺绣的少女站在楼头，
　　　她情意缠绵，就爱看那长长的游丝在空中

舒展飘荡。

风停后却闻到了花香，

原来刚才风已把落花吹到绣架上了。

当心，不要掉落玉钗惊动那楼下池中的鸳鸯，

它们正双双对对地在碧绿的池塘中一起啄食

蘋花。

【注释】

①"飞絮"二句　悠飏：飘忽不定。飏同"扬"。　画梁：饰有彩画的房梁。

②"柔肠"二句　柔肠：见前《一络索》"过尽遥山如画"阕注。晴丝：即游丝，参见《秋千索》"游丝断续东风弱"阕注。

③"风定"二句　残红：落花。　绣床：绣架，刺绣时用以绷紧织物的床架。权德舆《相思曲》："鹊语临妆镜，花飞落绣床。"

④"休堕"三句　比翼：比翼鸟，这里是指鸳鸯。　唼（shà霎）：鱼鸟吃东西时发出的声音，这里用作动词。　蘋（pín 频）：一种长在浅水中的蕨类植物。

中华聚珍文学丛书——纳兰词今译

虞 美 人

　　此词上阕写重逢的喜悦,却忆及当初分别之后的相思之苦;下阕写离别的哀伤,又回味往日相聚之时的闺中之乐。这样交互言之,淋漓尽致地表达了依恋之情。作者写的是自身的感受,所以能真切如此。

　　由陕深处重相见,匀泪偎人颤。①
　　凄凉别后两应同,
　　最是不胜清怨月明中。②

　　半生已分孤眠过,山枕檀痕涴。③
　　忆来何事最销魂?
　　第一折枝花样画罗裙。④

【今译】

　　在曲折的栏杆深处重逢,
　　她靠在我身上,
　　一面揩眼泪,一面不住地打颤。
　　在那别后分处的日子里,

两人的心境应是一般地凄凉，
最难禁受的是遥对明月时油然而生的那种
　冷清愁苦的心情。

我这一生一半时间料定要孤眠独宿，
又同她分别了，
夜来檀木枕上总留着泪痕。
回想起来，闺中相聚之日什么最使我销魂呢？
第一就是那画着折枝花样的美丽的罗裙。

【注释】

　　①"曲阑"二句　勾泪：抹泪，把眼泪揩掉。　偎人颤：李煜《菩萨蛮》词："画堂南畔见，一晌偎人颤。"
　　按："勾泪偎人颤"，写出了闺中人见到日夜思念的所亲所爱之人时的极其喜悦、极其激动的情状。
　　②"最是"句　清怨：凄清的愁怨之情。
　　③"半生"二句　分(fèn 份)：意料、认定。　山枕：高高的枕头。　檀痕浼(wò 沃)：檀指檀木，言枕头的质料。浼，意为污染。檀痕浼，谓檀木枕被泪痕弄脏了。
　　④"忆来"二句　销魂：见前《秋千索》"药阑携手销魂侣"阕注。　折枝：画花卉不带根，称折枝画。

中华聚珍文学丛书——纳兰词今译

一五〇

念 奴 娇

　　此词写别离之夜难舍难分的情景和怅恨愁苦的心绪。词中"总不如休惹,情条恨叶"、"无分暗香深处住,悔把兰襟亲结"云云,正见笃于夫妇之爱的作者长隔闺帏的无可奈何的苦恼。官任侍卫,身不由己,所怨所悔,当于言外求之。

　　人生能几? 总不如休惹,情条恨叶。
　　刚是尊前同一笑,①又到别离时节。
　　灯烬挑残,炉烟爇尽,无语空凝咽。②
　　一天凉露,芳魂此夜偷接。③

　　怕见人去楼空,④柳枝无恙,
　　犹拒窗间月。
　　无分暗香深处住,悔把兰襟亲结。⑤
　　尚暖檀痕,犹寒翠影,⑥触绪添悲切。
　　愁多成病,此愁知向谁说?

【今译】

　　人生在世能有多少日子?

倒不如不去招惹那种种情事，
也可免得为此忽而欢乐、忽而痛苦。
刚才还举着酒杯一起笑语，
转眼又到了该分别的时刻。
灯芯挑残，灯光渐灭，
香已燃尽，炉上烟消。
两人相对抽泣，
说不出话，也哭不出声。
满天都是阴凉的露气，
今天晚上我只能偷偷地同她的梦魂相亲了。

我也不敢想像自己离去后她独居空楼的寂寞
　　景象。
柳枝依然无忧无虑，在风中拂动，
似乎要扫去窗纸上的月色。
在这散发着阵阵幽香的我们的小天地里，
我们没有缘分经常在一起，
我十分后悔爱她爱得那么深了。
眼前仿佛又见到了她的身影，
浅红的面庞还带着暖意，

翠绿的衣衫仍有一股寒气，

这都触动愁绪，增添了我的悲伤之感。

愁多了就会成病，

我现在心中的这种愁能向谁去诉说呢？

【注释】

①"总不如"三句 "总不如休惹,情条恨叶"一作"才一番好梦,烟云无迹"。 "尊前同一笑"一作"心情凋落后"。 情条恨叶:指男女之间的恋情。 尊:酒杯。

②"灯炧"三句 炧(xiè 屑):灯烛的灰烬。 挑:拨动灯芯,剔去灰烬。 炉:指香炉。 爇(ruò 若):烧。 凝咽(yè 业):抽泣,嗓子被气憋住,哭不出声来。柳永《雨霖铃》词:"执手相看泪眼,竟无语凝咽。"

③"一天"二句 芳魂:美称女子的魂魄。

按:临别之时将近拂晓,所以设想白天登程后,再到晚间就只能同对方在梦魂中相见了。

④"怕见"句 楼空:古人诗文每称少妇独处的居室为"空房"、"空楼"。人去楼空谓自己离去后此楼即成为"空楼"。

按:"怕见"是悬揣之词,其实离去后就见不着楼中情形了,只能想象猜测。

⑤"无分"二句 暗香:清幽的香气。暗香深处:指伊人身边、伊人所处的深闺。 兰襟:衣襟的美称。亲结兰襟是一种亲爱的表示。晏几道《采桑子》词:"别来长记西楼事,结遍兰襟。"

⑥"尚暖"二句 檀痕:此与"翠影"为对,檀指浅红色,檀痕隐喻脸影。 翠影:翠当指衣裙之色。

采 桑 子

下面六首《采桑子》都是写别后相思之情,前三阕女思男,后三阕男思女。容若所作小令"格高韵远",极缠绵婉约之致,能使"残唐坠绪,绝而复续"(谭献《箧中词》卷一)。这一组《采桑子》就情致深婉,耐人寻味;而且又风雅蕴藉,玲珑透剔。把它们同以写言情小令著称的北宋词家晏几道、贺铸等人的佳作相比,不见得逊色多少。

凉生露气湘弦润,①
暗滴花梢。帘影谁摇?
燕蹴风丝上柳条。②

舞鸥镜匣开频掩,
檀粉慵调。③朝泪如潮。
昨夜香衾觉梦遥。

【今译】

夜凉露生,露水似乎湿润了琴弦,
又暗暗滴落在花梢上。

中华聚珍文学丛书——纳兰词今译

是谁的影子在帘上摇晃?

原来燕子飞过,带来一阵微风拂动了柳条。

把绘有舞鹍图像的镜匣开了又关、关了又开,

也懒得调匀香粉,进行晓妆。

早晨起来就泪下如潮,

这是因为昨夜躺在香暖的被衾中做梦,才知
道了去到他那里的路竟是这样地遥远。

【注释】

①"凉弦"句　湘弦:传说湘水女神善鼓琴瑟,所以诗人词家
多称琴弦为湘弦。

②"燕蹴"句　蹴(cù 促):踢。"燕蹴风丝上柳条",谓燕子把
一丝微风踢到柳枝上,即指燕过、风起、柳动。造句尖新纤巧。

③"舞鹍"二句　"舞鹍"一作"舞余",疑误。鹍(kūn 昆):鹍
鸡,一种似鹤的大鸟,一说就是凤凰的别称。舞鹍镜匣:指绘有鹍
鸡飞舞图样的收藏铜镜的盒子。　檀粉:拌有檀末的香粉。

又

白衣裳凭朱阑立，
凉月趁西。①点鬓霜微。
岁晏知君归不归？②

残更目断传书雁，
尺素还稀。③一味相思。
准拟相看似旧时。④

【今译】

穿着白色的衣裳，靠着红色的栏杆。
独自悄立，看月亮渐渐地移到天幕的西边。
鬓发上已结了几点霜花，
快到年底了，不知道你会不会归来。

在这残夜里望啊望，就是盼不到传书的鸿雁。
别后的书信稀少不见，
我一味地思念着他，

中华聚珍文学丛书—纳兰词今译

打算重逢时像从前一样同他含情对视。

【注释】

① "白衣裳"二句　趁(suō梭)：走。欧阳炯《南乡子》词："豆蔻花间趁晚日。"

按：二句化用王彦泓《寒词》"况复此宵兼雪月，白衣裳凭赤栏干"诗意。

② "点鬓"二句　岁晏：岁晚，快到年终时。

按：从"京月趁西，点鬓霜微"看，她在寒夜中站立已久，可见思念之苦。

③ "残更"二句　残更：更次将尽时，残夜。　目断：这里是望不见、盼不到的意思。　传书雁：古代传说以为雁能代人传送书信，故云。　尺素：原意是一尺宽的白绢，古人每于绢上写信。汉乐府《饮马长城窟行》："客从远方来，遗我双鲤鱼。呼儿烹鲤鱼，中有尺素书。"后人因把"尺素"当作书信的代称。

④ "一味"二句　一味：单纯地，专一于某事。　准拟：打算着，算定了。

按：此二句袭用晏几道《采桑子》"坐想行思，怎得相看似旧时"词意。

又

而今才道当时错，
心绪凄迷。①红泪偷垂。②
满眼春风百事非。

情知此后来无计，
强说欢期。③一别如斯。
落尽梨花月又西。④

【今译】

现在才说道当时错了，
心里一片迷茫，无限怅惘，暗自落泪。
虽然春光满眼，但总觉得事事都不称心。

那时心里明明知道从此以后无法再来了，
却硬是约定了下次欢聚的日期。
一别到今，就像这样再无重见之缘。
看梨花落尽，月亮又已西沉，如此伤心。

【注释】

　①"而今"二句　"而今"一作"自今"。"才"一作"谁"。　凄迷：迷茫。这里指心情怅惘，若有所失。

　②"红泪"句　红泪：女子的眼泪。参见《河传》"春浅红怨"阕注。

　③"情知"二句　情知：实知，明知。　强（qiǎng 抢）：勉强，强自。　欢朔：幽会之期。

　④"落尽"句　"落尽梨花月又西"，一则言其长夜不寐，二则用来衬托凄迷哀伤的心绪，不仅设景而已。

又

谁翻乐府凄凉曲?
风也萧萧,雨也萧萧,
瘦尽灯花又一宵。①

不知何事萦怀抱,
醒也无聊,醉也无聊,
梦也何曾到谢桥。②

【今译】

是谁在那里改谱并演奏旧乐府中情调
　凄凉的曲子?
原来是风声萧萧,雨声萧萧。
灯油即将熬干、爆落的灯花越来越小,好不
　容易又度过了一个夜晚。

不知是什么事总在胸中回绕,
不管是醉还是醒都心情郁闷,

总也打不起精神。

就是做梦,也何曾到过她所在的地方!

【注释】

①"谁翻"四句　翻:此指在旧谱的基础上改制新谱。蔡琰《胡笳十八拍》诗之十八:"胡笳本出自胡中,绿琴翻出音律同。"乐府:汉代掌管音乐的官署,除负责制作朝会、巡行、祭祀时所用的音乐外,也收集民歌并为之谱曲。　萧萧:风雨声。　灯花:见前《寻芳草·萧寺纪梦》注。

②"醒也"三句　无聊:此谓精神无所寄托。　谢桥:晏几道《鹧鸪天》词:"梦魂惯得无拘检,又逐杨花过谢桥。"唐宋以来诗人词客每称所恋之人为"萧娘"、"谢娘"(萧、谢都是南朝贵姓),此言谢桥,是指谢娘所在之地,也就是恋人的住处。

采桑子

又

桃花羞作无情死，
感激东风。吹落娇红，
飞入窗间伴懊侬。①

谁怜辛苦东阳瘦？
也为春慵。不及芙蓉，②
一片幽情冷处浓。

【今译】

桃花把无情而死当作羞耻，
它的真情感动了东风。
东风吹落了娇艳鲜花的花瓣，
花瓣又飞到窗间来陪伴正在因相思
　　而烦恼的我。

因为苦于相思，我身体日益消瘦，
有谁同情怜悯呢？

在这春天将要归去的时候,我也身心懒散。

真不及水中的芙蓉,

它那一片深情在凄清的环境中偏能更密
　　更浓!

【注释】

①"感激"三句　"窗间"一作"闲窗"。　感激:感动激发。懊
侬:即懊恼(nóng 农),烦闷。

②"谁怜"三句　东阳瘦:南朝的沈约曾任东阳太守,他在给
友人的信中提到自己腰围日减,臂围每月都减少半分。后人因用
此作文人消瘦的典故。　慵(yōng 雍):懒散。　芙蓉:荷花的
别称。

又

谢家庭院残更立，
燕宿雕梁，月度银墙，
不辨花丛那辨香？^①

此情已自成追忆，
零落鸳鸯，雨歇微凉，
十一年前梦一场！^②

【今译】

更残夜尽的时候，我站立在她家的庭院中
　　等候，
燕子栖宿在梁上巢中，
月亮度过了银白色的粉墙。
她来了——我既辨不清花丛在何处，又哪里能
　　分辨出飘来的是花香还是她身上的香？

此情此景已是只在追忆中存在，

一对鸳鸯被分隔了，各自零落孤单。

雨停了，天气微有凉意，

回想起来，这十一年前的事真像是一场梦！

【注释】

①"谢家庭院"四句　谢家庭院：此指恋人家的庭院。　雕梁：有雕饰的房梁。　银墙：白色的墙，粉墙。　不辨花丛那辨香：此句从元稹《杂忆》诗之三"不辨花丛暗辨香"句化出。

按：上阕是回忆旧时情事。

②"此情"四句　此情已自成追忆：李商隐《锦瑟》诗："此情可待成追忆，只是当时已惘然。"

按：此云"十一年来梦一场"，《少年游》"算来好景只如斯"阕亦云"十年青鸟音尘断，往事不胜思"，可知容若对自己早年的恋情始终不忘。

浣 溪 沙

　　这首词讲别时情状、别后景况，全从对方着笔，却又处处渗透着自己的思念关怀之情。在纳兰词众多的描写别情的作品中，别具一格，宛转可喜。

　　记绾长条欲别难，盈盈自此隔银湾。
　　便无风雪也摧残。①

　　青雀几时裁锦字？玉虫连夜剪春旛。②
　　不禁辛苦况相关。

【今译】

　　记得离别时她折柳为赠，
　　　　把柳条联结在一起，真是难舍难分。
　　从此那可爱的人儿同我之间似乎就隔着一条
　　　　银河。
　　纵使无风又无雪，
　　　　她也会像那柳树一般自行衰败凋残。

中华聚珍文学丛书—纳兰词今译

她什么时候能写好书信托青鸟传来呢?

在灯光下她或许一夜接一夜地剪彩绸作春

幡,借此来排遣独居的烦闷吧。

我不禁替她感到愁苦,

何况这事事都与我息息相关。

【注释】

①"记绾"三句　绾(wǎn 宛):联缀打结。　长条:柳条。古有折柳送行的习俗。张乔《寄维扬故人》诗:"别离河边绾柳条,千山万水玉人遥。"　盈盈:风致美好。《古诗十九首》之二:"盈盈楼上女,皎皎当窗牖。"　银湾:银河。李贺《溪晚凉》诗:"玉烟青湿白如幢,银湾晓转流天东。"　摧残:这里用作形容词,意谓衰败凋残,用以指人,则是消瘦、衰弱、憔悴的意思。

②"青雀"二句　青雀:这里用如"青鸟",指传信的使者。典出《汉武故事》,参见《少年游》"算来好景只如斯"阕注。　锦字:用锦织成的字。前秦窦滔妻苏蕙曾织锦为字,作璇玑图寄滔,共八百四十字,循环反复,皆可诵读。事见《晋书·列女传》及《侍儿小名录》等书。后人每以"锦字"指妻子寄给丈夫的书信。杜甫《江月》诗:"谁家挑锦字,灭烛翠眉颦。"杜诗用"挑"字,此词用"裁"字,都是因"织锦"之典而言。　玉虫:灯花。杨万里《和范至能参政寄二绝句》诗之一:"锦字展来看未足,玉虫挑尽不成眠。"　春幡(fān 帆):幡谓幡胜。唐宋时习俗,立春日妇女用彩绸剪成小旗或花鸟人物等形状,称为幡胜,用来贴在首饰上或挂在花枝下,并互相赠送,表示迎春之意。

忆桃源慢

这是一阕怀人词。词中提到"两地凄凉多少恨",显然是说相思之情。从"几年消息浮沉"句看,所思之人不仅多年未能见面,而且难通信息,这就不会是指自家眷属;如说是悼亡之作,则卢氏在世时与容若并无久别之事,无需"寄声珍重",丁宁"加餐千万"。细细体味词意,可推断当为追怀早年恋人而作。全词篇幅较长,但徐徐道来,强烈的伤感伴和着深情的回忆荡胸而出,以真挚自然胜。

斜倚熏笼,隔帘寒彻,彻夜寒如水。①

离魂何处? 一片月明千里。

两地凄凉多少恨,分付药炉烟细。②

近来情绪,非关病酒,如何拥鼻长如醉?③

转寻思、不如睡也,看道夜深怎睡?④

几年消息浮沉,把朱颜、顿成憔悴。⑤

纸窗风裂,寒到个人衾被。

篆字香消灯炧冷,忽听寒鸿嘹唳。⑥

加餐千万,寄声珍重,⑦而今始会当时意。

早催人、一更更漏,残雪月华满地。⑧

中华聚珍文学丛书—纳兰词今译

斜靠着熏笼只觉得寒气透帘而入，

整整一夜都好像置身于凉水之中。

离人之魂今在何处？

相隔千里，共对一片明月。

两地分离，有多少凄凉多少恨，

全都交付给了药炉上的袅袅细烟。

近来情绪不佳，并非是因为喝多了酒而身体

　　不舒服，

怎么也是说话浊声浊气地总像醉着一样？

转丙仔细一想，倒不如睡吧，

可是在这夜深时分心有所思，

你说怎么睡得着呢？

几年来她音讯全无，

想念她，真能使人红润的脸色瞬间变得憔悴

　　不堪。

窗纸被风吹破了，衾被中也渗进了寒意。

香尽灯灭，忽然又听到寒夜哀雁响亮凄清的

鸣叫声。

想当初她托人带来口信，

嘱咐我千万要保重身体，努力多饮食，

我如今才体会到其中的深意。

过了一更又一更，

那漏声催人早早安睡，

只见满地都是残雪和月光。

【注释】

①"斜倚"三句　"彻夜寒如水"一作"听尽哀鸿唳"，又"如"一作"于"。　熏笼：见前《南歌子》"翠袖凝寒薄"阕注。　寒彻：寒气透彻。　彻夜：通宵，整夜。

②"离魂"四句　"月明千里"一作"月明如水"。　"凄凉"一作"凄清"。　离魂：离人的梦魂。　一片月明千里：谢庄《月赋》："美人迈兮音尘绝，隔千里兮共明月。"　分付：委托，交付，发落。说把相思之恨"分付药炉烟细"，意即谓因相思而成病。

③"非关"二句　关：与……有关。　病酒：因喝酒过多而身体不适。李清照《凤凰台上忆吹箫》词："新来瘦，非关病酒，不是悲秋。"　拥鼻：用手捂着鼻子。《晋书·谢安传》说谢安能用洛阳书生的声调吟咏，"有鼻疾，故其音浊。名流爱之不能及，或以手握鼻以效之"。唐彦谦《春阴》诗："天涯已有销魂别，楼上宁无拥鼻吟。"此即用"拥鼻吟"暗示"销魂别"。

④"转寻思"二句　寻思：反复细想。看道：这里表示自己料想。

⑤"几年"二句　消息浮沉：消息未达。《世说新语·任诞》记

东晋殷羡出任豫章（今江西南昌一带）郡守，曾把京中人士托他带给豫章亲友的一百多封书信扔进长江，说道："沉者自沉，浮者自浮，殷洪乔（羡字洪乔）不能作致书邮！"后人因把书信未寄到称为付诸浮沉。　　朱颜：此指年轻人美好的容光。　　顿：遽然，立刻。

⑥"纸窗"四句　"风裂"一作"淅沥"。"忽听寒鸿嘹唳"一作"不算凄凉滋味"，又"寒鸿"一作"塞鸿"。　　个人：本意为彼人，那个人，此处似是自谓。篆字香：盘作篆字形状的香。　　灯炧（xiè屑）：灯烬。　　嘹唳（lì利）：鸟虫嘹亮凄切的鸣声。

⑦"加餐"二句　加餐：多吃饭。汉魏时书信中常有的问候话。蔡邕《饮马长城窟行》："书中竟何如？上有加餐饭，下有长相忆。"　寄声：口头传达问候。

⑧"早催人"二句　漏：古代的一种计时器，参见《台城路·塞外七夕》注。　　月华：月光。

苏　幕　遮

　　这阕词的主旨可用李商隐赠杜牧的一句诗来表示："刻意伤春复伤别。"不同的是词中的主人公是个女性。她伤别，是出于对恋人的深深的爱，所以在朦胧的梦境中又同他相会；她伤春，则出于对自己青春年华的惋惜，所以见到月明花红，也会触景生情，伤心不已。

　　枕函香，花径漏。
　　依约相逢，絮语黄昏后。①
　　时节薄寒人病酒，
　　划地梨花，彻夜东风瘦。②

　　掩银屏，垂翠袖。
　　何处吹箫？脉脉情微逗。③
　　肠断月明红豆蔻，
　　月似当时，人似当时否？④

【今译】

　　枕函中散发着香气，

花径里漏下了月光，

朦朦胧胧地好像又同那人相逢在黄昏后，

悄声细语，彼此都有说不尽的话。

春深时节天气还微带寒意，

人正因饮酒过量而感到难受。

怎的一夜东风刮得梨花都憔悴不堪？

闭上银白色的屏风，

低垂翠绿色的衣袖。

不知什么地方有人在吹箫，

箫声中微微露出脉脉深情。

看月色明亮，豆蔻红艳，不由伤心肠断。

明月似旧，人还能像当初那么美好吗？

【注释】

① "枕函"四句　枕函：见前《荷叶杯》"帘卷落花如雪"阕注。依约：隐隐约约。　絮语：连绵不断地细声说话。　黄昏后：欧阳修《生查子·元夕》词："月上柳梢头，人约黄昏后。"

按：四句写朦胧的梦境。

② "时节"三句　病酒：见前《忆桃源慢》"斜倚熏笼"阕注。划(chǎn铲)地：这里是"怎的"之意。辛弃疾《念奴娇·春恨》词："划地东风欺客梦，一枕银屏寒怯。"

按："刬地梨花,彻夜东风瘦"应是"刬地东风彻夜梨花瘦"的倒装。又李清照《醉花阴》词："帘卷西风,人比黄花瘦。"

　　③ "掩银屏"四句　掩:关闭。　脉脉(mò 默):含情欲吐的样子。　逗:透,露。

　　④ "肠断"三句　豆蔻:一种多年生草本植物,夏初开花,秋季成实。杜牧《赠别》诗:"娉娉袅袅十三余,豆蔻梢头二月初。"后人因以"豆蔻年华"喻十三四岁的少女。

　　按:豆蔻花色淡黄,此谓"红豆蔻",仅取字面之美,不符实际。此三句意在感伤青春易逝。

金 缕 曲

　　远行归来,与家中亲人久别重逢,灯下相对,欣慰之余,言及客况难堪,相思情深,或者小有欷歔,毕竟温情为多。唐人所谓"何当共剪西窗烛,却话巴山夜雨时"(李商隐《夜雨寄北》诗),盼望的就是这种境界。容若这阕《金缕曲》却云"忆絮语、纵横茗碗。滴滴西窗红蜡泪,那时肠早为而今断",原来正当剪烛西窗、对面絮语之时,又已在为即将到来的下一次离别而伤心了。在孤馆独宿,离思撩乱之时,忆及当初的这一景象,更觉情多恨深,因欲"问愁与、春宵长短"。

　　"忆絮语"云云,灵活地变用前人诗句,含意更为丰富,所以不仅无效颦之嫌,反见点化之妙。

生怕芳尊满。

到更深、迷离醉影,残灯相伴。[1]

依旧回廊新月在,不定竹声撩乱。[2]

问愁与、春宵长短。

人比疏花还寂寞,任红蕤落尽应难管。[3]

向梦里,闻低唤。[4]

此情拟倩东风浣。

奈吹来、余香病酒,旋添一半。[5]

惜别江郎浑易瘦，更著轻寒轻暖。⑥
忆絮语、纵横茗碗。
滴滴西窗红蜡泪，⑦那时肠早为而今断。
任角枕，欹孤馆。⑧

【今译】

生怕杯中斟满了酒，
到夜深人静的时分醉眼迷离，
孤独的身影独伴残灯。
回廊外新月似旧，
风吹丛竹，不住传来杂乱的响声。
我心中的离愁同这难熬的春夜相比，
究竟谁短谁长？
人比枝头那些稀稀疏疏的残花还要寂寞，
也只得任凭红花落尽，
这是谁也管不了的事。
我只能从梦中听取她低声相唤了。

打算请东风洗去我心头的烦恼，
无奈东风吹来，

反而使我伤春病酒之情，

即刻又增添了许多。

我为别情所苦，简直就太容易消瘦了，

何况又遇上这忽而轻寒忽而轻暖的天气。

回想起当日同她西窗剪烛相对细语，

彼此都有说不尽的话，

桌上茶杯横七竖八，烛泪点点，

好像也在为我们惜别。

那时早已想到会有如今的这种难以忍受的别

　　离之苦，不禁柔肠寸断。

现在只能在驿馆中斜靠着枕头孤眠独宿。

【注释】

①"生怕"三句　生怕：只怕，最怕。　芳尊：酒杯的美称。
迷离：模糊不清。

按：三句说想要借酒浇愁，又怕醉后愁不能消。

②"依旧"二句　回廊：见前《浪淘沙》"红影湿幽窗"阕注。
撩乱：纷乱、杂乱。

③"人比"二句　"人比疏花还寂寞"一作"燕子楼空弦索冷"。
"红蕤"一作"梨花"。　"应难管"一作"无人管"。　红蕤（ruí
綾）：红花。

④"向梦里"二句　一作"谁领略，真真唤"。

⑤"此情"三句　倩：请。　浣（huǎn 缓）：洗。　余香病酒：

蔡松年《尉迟杯》词:"觉情随、晓马东风,病酒余香相伴。"余香,此指落花余香。落花易引起伤春之感。病酒,见前《忆桃源慢》"斜倚熏笼"阕注。　旋:一下子,马上。

　　⑥"惜别"二句　"江郎"一作"江淹"。"浑易瘦"一作"消瘦了"。　"更著"一作"怎耐"。　惜别江郎:江郎指南朝江淹,他曾作《别赋》,描写各类离别的不同情状。这里当是作者自谓。　浑:完全,简直。　著:加上。

　　⑦"忆絮语"二句　絮语:见前《苏幕遮》"枕函香"阕注。　茗碗:茶杯。　红蜡泪:指蜡烛燃烧时下滴的烛油。

　　按:絮语西窗,红蜡垂泪。除化用李商隐《夜雨寄北》诗意外,也暗含杜牧《赠别》诗"蜡烛有心还惜别,替人垂泪到天明"之意。

　　⑧"任角枕"二句　角枕:用角料装饰的枕头。《诗·唐风·葛生》:"角枕粲兮。"郑玄笺:"以角饰枕也。"　欹(qī 欺):斜,倾侧。　孤馆:独居驿馆。

菩 萨 蛮

　　容若词集中另一阕《菩萨蛮》曰："梦回酒醒三通鼓,断肠啼鴂花飞处。新恨隔红窗,罗衫泪几行。　相思何处说? 空有当时月。月也异当时,团圞照鬓丝。"其立意构思乃至遣词造句,都与此阕雷同。可能一是初稿,一是改订稿,结集时又并收两存。把这两阕词合起来看,作者借酒浇愁,又见花落泪,对月伤心,总是为了恋情。如丝如缕,萦回不绝,这相思之苦,宛曲道来,柔肠九转,纳兰词本亦于此擅场。

　　催花未歇花奴鼓,酒醒已见残红舞。①
　　不忍覆余觞,②临风泪数行。

　　粉香看欲别,③空剩当时月。
　　月也异当时,凄清照鬓丝。④

【今译】

　　耳边似乎总响着催花早开的羯鼓声,
　　可是酒醒之后已见落花在风中飞舞了。
　　不忍倒掉杯中的剩酒,

对着风又流下了几行眼泪。

分别时她是那样地难舍难分，
看到这一幕的，现在只剩下当时的月亮了。
就是月亮也与当时不同，
照在我身上的月光竟是这样地凄凉清冷。

【注释】

①"催花"二句　催花：据《开元天宝遗事》、《羯鼓录》等书记载，唐玄宗爱击羯鼓（传自羯人的一种两面都蒙皮可击的鼓），一次二月初在上苑临轩纵击，自制一曲名《春光好》，鼓毕回头一看，柳已绽芽，花亦放蕾。后人因有"催花鼓"之说。　花奴：唐玄宗的侄子汝阳王李琎的小名。琎也善击羯鼓，《杨太真外传》说玄宗曾对侍臣说："召花奴将羯鼓来，为我解秽！"

按：二句是用花开旋落来比喻与所思之人相处的美好日子转瞬即逝。

②"不忍"句　觞（shāng 商）：酒杯。

③"粉香"句　"欲"一作"又"。　粉香：脂粉的香气，这里用来指代所思女子。

④"凄清"句　鬓丝：鬓发。

长 相 思

康熙二十一年(1682)清圣祖玄烨因云南平定,出关东巡,祭告奉天祖陵。容若扈从侍卫,经山海关作此词。塞上苦寒,三月的天气仍是风雪迷漫。身为满族贵胄的容若,当此之时夜不能寐,动了思乡之情。有意思的是,他心中念念不忘的"故园"乃是北京什刹海后海西北的宅邸。满人入关不到四十年,其贵族子弟在关内席丰履厚,反而对本族的发祥地失去了亲近感,视关外为畏途了。不过在短短的一首三十六字的小令中,道眼前景,抒胸中情,熨贴自然,全无雕琢的痕迹,则正如王国维《人间词话》所言,缘"初入中原,未染汉人习气,故能真切如此"。

山一程,水一程。身向榆关那畔行。^①
夜深千帐灯。

风一更,雪一更。聒碎乡心梦不成。^②
故园无此声。

【今译】

一路上登山涉水,走了一程又一程,
向榆关那边进发。

夜深宿营,只见无数座行帐中都亮着灯火。

挨过了一更又一更,只听得风雪阵阵,

吵得我乡心碎乱,乡梦难成。

在我那故园,可是从来不曾有过这种声音啊!

【注释】

①"山一程"三句　一程:一站。　榆关:又作渝关,山海关的别称。　那畔:那边。

②"风一更"三句　聒(guā 瓜):吵闹。柳永《爪茉莉·秋夜》词:"残蝉噪晚,甚聒得、人心欲碎。"　乡心:思乡之心。

如 梦 令

这是一阕颇具特色的边塞词,景象与心境交织交感,既雄浑又悲凉。王国维特别赞赏其中"万帐穹庐人醉,星影摇摇欲坠"二句,以为可同唐诗中"明月照积雪"、"大江流日夜"、"中天悬明月"、"黄河落日圆"等句媲美,"此种境界,可谓千古壮观"(见《人间词话》)。

　　万帐穹庐人醉,星影摇摇欲坠。①
　　归梦隔狼河,又被河声搅碎。
　　还睡,还睡,解道醒来无味。②

【今译】

　　千万座毡帐里人们酣饮沉醉,

　　无数颗星星闪烁抖动,

　　似乎要从天上坠落。

　　踏上归家之路的梦魂,

　　偏偏被白狼河所阻隔欲渡不能,

　　奔腾的水流声又把梦境搅碎。

　　继续睡吧! 继续睡吧!

我也知道醒来不是滋味。

【注释】

①"万帐"二句　穹庐：游牧民族居住的毡帐,古称天空为穹隆,穹庐的形状中央隆起,四周下垂,与穹隆相似,故名。　摇摇：晃动貌。

②"归梦"五句　狼河：白狼河的简称。白狼河今名大凌河,在辽宁省境内。　解道：知道,能够理解。

浪 淘 沙

望 海

此词作于康熙二十一年(1682)三月扈从东巡,途经山海关之时。

容若第一次看见气象万千的大海,就被那博大无垠、波澜壮阔的宏伟景象所折服,并叹为观止。这一阕题作"望海"的《浪淘沙》,表达了他当时惊讶和狂喜的心情。

蜃阙半模糊,①踏浪惊呼。

任凭蠡测笑江湖。

沐日光华还浴月,我欲乘桴。②

钓得六鳌无?竿拂珊瑚。③

桑田清浅问麻姑。

水气浮天天接水,那是蓬壶?④

【今译】

　　那海市蜃楼若有若无,踏着岸边的浪花,对之
　　　惊呼!

大海的宏伟不是那些见识浅陋的人所能想像
　　的,任凭他们去以蠡测海吧,在大海面前,
　　他们显得多么可笑!
大海是如此地广阔,它既能沐浴光焰万丈的
　　太阳,又能沐浴一轮明月。
我真想乘个大木筏浮海远去。

垂钓海中的巨人,钓竿快要碰着海底的珊瑚
　　了,是否已经一下子钓得了六只巨龟?
我还要问一问麻姑,桑田变为沧海,沧海变为
　　桑田,现在那海中的水是否又比往日浅了
　　一些?
眼前水气上浮天水相接,哪里是蓬莱仙山呢?

【注释】

　　①"蜃阙"句　蜃(shèn 慎)阙:指海市蜃楼。这是大气中由于
光线的折射而形成的一种自然现象。如果各层空气密度相差较
大,远处的光线就会发生折射或全反射,这时人们能看见在空中或
地面有远处物体的影像。这种现象多出现在海边或沙漠中。古人
不明此理,以为是蜃(大蛤)吐气造成的。
　　②"任将"三句　任将:任凭。"将"是语助词。　蠡(lǐ 理)
测:蠡是盛水的瓢,以蠡测海喻见识浅陋,语出《汉书·东方朔传》。

笑江湖：此暗用《庄子·秋水》河伯向洋兴叹的典故。河伯"欣然自喜，以天下之美为尽在己"，及至见了北海，方始叹服，承认"吾长见笑于大方之家"。　桴(fú 扶)：大木筏。

③"钓得"二句　鳌(áo 熬)：海中的大龟。《列子·汤问》说渤海东面有五座大山随波飘流，天帝命令十五只巨鳌昂起头顶住这五座山，使它们固定下来。后来有一个龙伯之国的巨人，"一钓而连六鳌"，结果岱舆、员峤二山失其所托，流向北极，沉下海底。

竿拂珊瑚：杜甫《送孔巢父谢病归游江东兼呈李白》诗："诗卷长留天地间，钓竿欲拂珊瑚树。"古人以为珊瑚长在海底石上。

④"桑田"三句　麻姑：神话传说中的女仙。据《神仙传》记载，东汉时仙人王方平降临蔡经家，召来麻姑。麻姑对王方平说："自上次与你相见以来，已经见到沧海三次变成桑田，不久前到蓬莱去，看海水比以往又浅了许多，岂不是又将要变成陆地了？"此谓"桑田清浅"，即用此典。　蓬壶：即蓬莱。传说中的海上三仙山之一。《拾遗记》："海中有三山：一方壶，则方丈也；二蓬壶，则蓬莱也；三瀛壶，则瀛洲也。形如壶器，故名。"

菩 萨 蛮

　　此是容若于康熙二十一年(1682)三月扈从清圣祖出塞祀长白山至松花江忆内之作。其时卢氏夫人已去世多年，所忆当是续娶的官氏。但从"旧事逐寒潮，啼鹃恨未消"二句看，旧事难忘，未免由此及彼，也透露了对旧人的缅怀之情。

　　问君何事轻离别，一年能几团圞月？①
　　杨柳乍如丝，故园春尽时。②

　　春归归不得，两桨松花隔。③
　　旧事逐寒潮，啼鹃恨未消。

【今译】

　　问君为什么把离别不当一回事，
　　一年之中能遇上几个月圆之夜啊？
　　眼前的杨柳刚刚绽绿拖丝，
　　故园却是春光已尽了。

　　故园已是春归，我却归不得故园。

中华聚珍文学丛书——纳兰词今译

纵有小艇双桨，也难渡松花江。

带着寒意的江潮忽涨忽退，

种种往事随着江潮在我心头翻腾。

那杜鹃啼声哀怨，也似有余恨未消。

【注释】

①"问君"二句　轻离别：以离别为轻，轻于离别。　团圞：
圆貌。乐府古辞："十五团圞月"。

按：古人每以月圆喻团圆、团聚。张先《系裙腰》词："人情纵似
长情月，年年又得几回圆?"

②"杨柳"二句　乍：刚、初。

按：此二句陈廷焯《白雨斋词话》评为"亦凄婉，亦闲丽，颇似飞
卿语"。温庭筠（飞卿）《菩萨蛮》词有句云："杨柳又如丝，驿桥春
雨时。"

③"春归"二句　两桨：温庭筠《西洲词》："艇子摇两桨。"　松
花：江名，为黑龙江最大支流，发源于长白山，流经吉林、黑龙江
二省。

按：此二句言虽有归意，无奈身不由己，松花江竟成了一时不
可逾越的障碍。

忆 秦 娥

龙 潭 口

　　词题中的"龙潭"，当指今吉林省吉林市东郊龙潭山下的龙潭。龙潭山一名尼什哈山，山势巉峭，四面陡壁，与词中"悬崖一线"之语合。山南有潭，深不见底，世称"龙潭"，清代每逢天旱，宁古塔将军（后称吉林将军）就到龙潭祈雨。词中所谓"阴沉潭底蛟龙窟"，指此。容若于康熙二十一年（1682）三、四月间，扈从清圣祖玄烨出关东巡，三月末四月初在吉林乌拉（今吉林市）望祭长白山，网鱼松花江。可能就在这段时间内到过龙潭，写下了这一阕《忆秦娥》。（又：容若于当年秋奉使黑龙江时也可能经过此地。）

　　此作雄峻冷峭，与容若平素之作风格迥异。值得探索的是容若何以在龙潭会有"兴亡满眼"之叹，这反映了一种十分复杂的心情。吉林乌拉一带是明代海西女真中最强的一部乌拉部聚居之地，容若的祖先则是依附于乌拉部的海西女真叶赫部的首领。海西女真各部后陆续被努尔哈赤统率的建州女真攻灭。容若的曾祖父金台什即在努尔哈赤率部众攻破叶赫老城时拒绝投降，自焚而死。事过六十余年，金台什的当侍卫的曾孙，却扈从努尔哈赤的当皇帝的曾孙来到当年海西女真的根本要地，容若思及往事，面对史迹，心中或有隐痛，于是就不胜兴亡之感。他另有一阕《浣溪沙·小兀喇》词（小兀喇即吉林乌拉）约略作于同时同地，也提到"犹记当年军垒迹，不知何处梵钟声。莫将兴废话分明"，可与此作互相参证。

中华聚珍文学丛书——纳兰词今译

山重叠,悬崖一线天疑裂。

天疑裂,断碑题字,古苔横啮。①

风声雷动鸣金铁,阴沉潭底蛟龙窟。②

蛟龙窟,兴亡满眼,旧时明月。

【今译】

山与山互相重叠,

上揷苍穹的悬崖笔直如线,

天好像要被裂成两半。

天好像要被裂成两半,

看断碑上的题字,

已被多年的苔藓拦腰侵蚀。

风声就像惊雷震动一样,

又像战场上刀枪撞击,杀声震天。

这阴森森深不可测的潭底,

应是蛟龙藏身的地方。

应是蛟龙藏身的地方,

满眼都是攻战征伐的遗迹,

曾清楚地看到那兴亡胜负景象的旧时明月

却依然无恙。

【注释】

①"古苔"句　古苔：历年已久的苔藓。　啮(niè 聂)：侵蚀。

按：上阕写山势险峻,景色荒凉。

②"风声"二句　鸣金铁：此谓兵器碰撞,发出响声。　窟：
藏身匿居的深穴。

按：下阕写怀古之情,兴亡之感。

临 江 仙

永 平 道 中

题中的"永平",指清代的永平府,其故境在今河北省东北部
陡河以东长城以南地区,是出关通辽东的必经之地。当时罗刹
(俄罗斯)觊觎中国东北边境的领土,在黑龙江北岸侵占土地,强
行修建了侵略性的军事据点雅克萨木城。清圣祖玄烨闻报,即
于康熙二十一年(1682)秋派遣副都统郎谈、彭春与容若等率领
少数骑兵以捕鹿为名,前往黑龙江沿岸侦察情势并联络当地梭
龙部(梭龙即索伦,是当时对鄂温克、鄂伦春、达斡尔等民族的总
称)各民族,为在军事上、外交上挫败罗刹的扩张图谋作好准备。
郎谈等于八月启程,至十二月下旬返京复命。容若始终参与其
事,万里远行,往来途中写有不少诗词。但由于任务绝密,因此
所作多言离情边愁而不涉使命。这一阕《临江仙》作于永平道
中,时在初登征程后不久。词意颇为伤感,倾诉的是恋家之情,
远别之恨。

独客单衾谁念我？晓来凉雨飕飕。[①]

械书欲寄又还休。

个侬憔悴,禁得更添愁![②]

曾记年年三月病,而今病向深秋。

卢龙风景白人头。

药炉烟里，支枕听河流。③

【今译】

独在异乡为异客，

孤单单地躺在被衾中，有谁顾念我呢？

天亮时只听得飕飕地下起了凉雨。

封好家信正要寄出，

想想还是算了吧。

她本已憔悴，

哪里经得起再为我添愁呢！

我还记得自己年年三月都要发病，

如今却病在深秋时节。

这卢龙一带的风景催人头白，

炉上熬着汤药烟雾腾腾，

就在药烟之中，我靠倚在枕头上听河水流淌。

【注释】

①"晓来"句　飕(sōu 搜)飕：风雨声。郑谷《鹭鸶》诗："静眠

寒苇雨飕飗。"

　　②"械书"三句　　械（jiān 兼）：同"缄"。封、闭。械书谓把信封封好。　　个侬（nóng 农）：彼人，那个人。本是古代吴地方言。

　　禁：当得起，受得了。这里是反问语气。

　　③"卢龙"三句　　卢龙：县名，县城在滦河旁，是清代永平府府治所在。　　药炉：熬药用的小炉。　　支枕：用枕头支撑身体，也就是倚枕的意思。

　　按：卢龙地近边塞，其时又正当深秋，景物萧条，所以在作者这样一个正怀离恨的愁人目中，会有"卢龙风景白人头"之感。

临 江 仙

塞上得家报云秋海棠开矣，赋此

　　秋海棠是一种多年生草本植物，秋天开花。容若因眷恋旧人，可能对家中院内的秋海棠抱有特殊的感情，他续娶的妻子知道这一点，所以在家信中特意把秋海棠开花的消息告诉他。容若在塞上得信，拟想秋海棠花开的神态，又因花及人，思绪万千，埋藏在心底的亡故多年的前妻的形象似乎活现在眼前，不由慨叹旧欢如梦，沉浸在悲痛的感情之中。

　　此词见物、见人、见情，既可视为咏物，亦可看作感事，而意旨实在写情，不妨把它也归入悼亡一类。

　　六曲阑干三夜雨，倩谁护取娇慵？①
　　可怜寂寞粉墙东。
　　已分裙衩绿，犹裹泪绡红。②

　　曾记鬓边斜落下，半床凉月惺忪。③
　　旧欢如在梦魂中。
　　自然肠欲断，何必更秋风！④

【今译】

　　家中这边接连下了三夜雨，

请谁来保护那亭院里雨中娇弱无力的秋海
    棠呢？
可怜它冷冷清清地生长在粉墙东侧，
既分得那人裙衩上的绿，
又带着那人泪绡上的红。

还记得她夜半醒来，
插戴的秋海棠花从鬓边斜着落下，
这时床上一半地方正承受着清凉的月色。
旧日的欢情如同是在梦魂中，
一想起自然就伤心不已，
又何必更要由秋风来引发我的哀思！

【注释】

①"六曲"二句　六曲阑干：冯延巳《蝶恋花》词："六曲阑干偎
碧树。"六曲言其曲折之多，不是正好有六处曲折。　倩：请。　慵
(yōng 雍)：原意是懒散，这里指软弱无力。护取娇慵是用陆游《花
时遍游诸家园》诗之二"绿章夜奏通明殿，乞借春阴护海棠"语意。

②"可怜"三句　粉墙：粉白色的院墙。　裙衩(chà 岔)：裙
旁开口之处。　泪绡：绡是一种生丝织品。传说唐代成都官妓灼
灼曾用软绡裹着自己的眼泪寄给情人，因有"泪绡"之称。这里当
是指绡帕之类的物品。秋海棠的叶子正面绿色，背面红色。所以
说它"已分裙衩绿，犹裹泪绡红。"

　　按：上阕遥想家园中秋海棠的状态，把它拟人化并赋予相当浓厚的感情色彩。"裙衩""泪绡"云云，更进而引进了"人"，为下阕悼亡怀旧作了铺垫。

　　③"曾记"二句　惺忪（xīng sōng 星松）：醒悟、苏醒。

　　按：同是秋海棠，所以很容易就由此及彼，从枝上的花联想到鬓边的花，追怀那个戴花的人。

　　④"旧欢"三句　旧欢：旧时欢乐之情。晏殊《谒金门》词："往事旧欢何限意？思量如梦寐。"　肠欲断：秋海棠一名断肠花。此云"肠欲断"，语带双关。　秋风：宋玉《九辩》："悲哉秋之为气也。"古人以为秋风给人以肃杀萧条之感，最易引起伤感之情。

　　按：容若此词亦当作于康熙二十一年秋奉使黑龙江途中，其时离开北京还不到一个月。词中言"旧欢"、言"肠欲断"，从语气看，显然不是出于对暂时分别、不久就会重逢的续娶之妻的思恋，而应理解为都是因悼念前妻而发。卢氏死于康熙十六年五月，算起来已六年有余，而容若每一思及，仍然悲怀难遣。

生 查 子

这一阕写作者在边地夜深独处,面对残灯短焰、欲睡还醒的朦胧情态。上阕不言愁而愁苦自见,下阕如从梦乡思家下笔不免落于常套,今竟以梦去浣花溪寻觅诗圣遗迹为言,真是诗人之想,诗人之语。

短焰剔残花,夜久边声寂。
倦舞却闻鸡,暗觉青绫湿。①

天水接冥蒙,一角西南白。
欲溇浣花溪,②梦远轻无力。

【今译】

起来剔一下残灯闪烁的焰花,
夜深时分悲凉的边声都已静寂。
倦于闻鸡起舞,
偏偏鸡声又来催人。
夜气又冷又潮,
暗自觉得被子也有点湿了。

西南角天水相接之处迷迷茫茫，

但见泛出一片白光。

朦胧中仿佛梦魂离开了身躯，

想远去西南，渡过浣花溪寻觅杜甫草堂，

却又轻飘飘地无力如愿。

【注释】

①"夜久"三句　边声：由风号、马嘶、箫角声等综合而成的边地悲凉之声。李陵《答苏武书》："侧耳远听，胡箫互动，牧马悲鸣，吟啸成群，边声四起。"　倦舞却闻鸡：此用东晋祖逖的典故。据《晋书·祖逖传》，逖有志恢复中原，"与司空刘琨俱为司州主簿，情好绸缪，共被同寝，中夜闻荒鸡(半夜啼叫的鸡)鸣，蹴琨觉曰：'此非恶声也。'因起舞。"后人每以闻鸡起舞喻志士奋发。此谓"倦舞"，含有不敢自比志士之意。　青绫：此指以青绫为面的被子。

②"天水"三句　冥蒙：模糊不清貌。王泠然《夜光篇》："夜色冥蒙不解颜。"　浣花溪：锦江支流，在今四川成都市西南。唐代大诗人杜甫曾居住溪旁，故居今名杜甫草堂。

满 庭 芳

　　此词①是容若出使梭龙途中之作。上半阕极写绝塞隆冬的荒凉景况和自己悲怆的心情,下半阕则感喟古今兴亡,如同棋局翻覆、蛮触相争,转眼成空,毫无意义。这可能是因当年建州女真与海西女真之间的争斗而兴叹。全词写景、抒情、议论,三者互相映衬,又一气贯通,融合为茫茫边愁,从艺术上看,有它成功的地方。

　　堠雪翻鸦,河冰跃马,惊风吹度龙堆。

　　阴磷夜泣,此景总堪悲。①

　　待向中宵起舞,②无人处、那有村鸡。

　　只应是,金笳暗拍,一样泪沾衣。③

　　须知今古事,棋枰胜负,翻覆如斯。④

　　叹纷纷蛮触,⑤回首成非。

　　剩得几行青史,斜阳下、断碣残碑。⑥

　　年华共,混同江水,⑦流去几时回?

【今译】

　　乌鸦从积雪的土堡上飞起,

战马在冰冻的河面上跃过，
疾风吹越这荒远的边塞。
阴森森的燐火飘荡不定，
其间似有鬼魂夜哭。
这种种景象，都使人感到悲哀。
打算夜半闻鸡起舞，
可是在这荒无人烟的地方，
哪里听得到鸡声呢！
要听，只能听那胡笳低沉悲哀的节拍，
像前人一样为之泪湿衣襟！

要知道今古兴亡，
正如棋局胜负这般翻覆不定。
可叹那些帝王将相、英雄豪杰乱纷纷地争权
　夺利，
不过是蛮触相斗，回头看来都毫无意义。
只不过留下了史书上的几行记载，
以及斜阳下的几块断残的石碑而已。
年华最易流逝，
与那混同江水一般，一去何时能回？

【注释】

①"堠雪"五句　堠(hòu候)：军中用以瞭望敌情的土堡。惊风：急疾强劲的风。　度：越过。　龙堆：即白龙堆，沙漠名。在新疆维吾尔自治区罗布泊以东至甘肃省玉门关之间，因流沙堆积蜿蜒如龙而得名。古人诗文每用以泛指僻远的边地。　阴燐夜泣：参见《一络索·长城》注。　总：一总，一概。

②"待问"句　中宵：半夜。　起舞：此用晋祖逖闻鸡起舞的典故，参见《生查子》"短焰剔残花"阕注。

③"金筯"二句　金筯：铜制的筯。参见《采桑子·塞上咏雪花》注。　扪：乐曲的音节。筯声每以"拍"计称。　一样泪沾衣：此句用洪皓《江城梅花引》词"更听胡筯哀怨泪沾衣"意。

④"棋枰"二句　枰：棋盘。　斯：这样。

⑤"叹纷纷"句　纷纷：杂乱繁多貌。　蛮触：《庄子·则阳》中有一则寓言，说在蜗牛左角有一个国家，叫做触氏，右角也有一个国家，叫做蛮氏，两国为了争夺地盘，经常进行战争，一战就伏尸数万。后世遂称因细故微利而起的争端为蛮触之争。

⑥"剩得"二句　青史：上古负责记载历史的太史官用青竹削成的竹简记事，后人因称史书为青史。　碣：圆顶的石碑。古人每立碑记功，以图把事迹传留后世。

⑦"混同江"句　混同江：黑龙江汇入松花江后至乌苏里江的一段称为混同江。

满 江 红

　　此是边愁与别情交织在一起的塞外忆内之作。从"悲哉秋气"句看,当作于康熙二十一年(1682)秋奉使梭龙途中,词中提到的"胭脂山"、"青海",都不是实指其地,而是泛指塞外边远地区。

代北燕南,应不隔、月明千里。
谁相念、胭脂山下,悲哉秋气。①
小立乍惊清露湿,孤眠最惜浓香腻。
况夜乌、啼绝四更头,边声起。②

销不尽,悲歌意。
匀不尽,③相思泪。
想故园今夜,玉阑谁倚?
青海不来如意梦,红笺暂写违心字。
道别来、浑是不关心,东堂桂。④

【今译】

　　分处两地,相隔千里,

却共对同一明月。
在这一方面应是不会再有什么阻隔了吧!
谁会顾念我现时所在的这塞外之地正充满了
　肃杀悲凉的秋气!
在室外略微站一会儿,
忽然吃惊地发现衣服已被露水浸湿了;
独自睡下,最爱点着的香散发出浓郁的气味。
何况到了四更时分,
马鸦夜啼,引得边声四起。

胸中消不尽的,是那种想悲歌一曲的冲动;
脸上揩不干的,是为相思而流淌的眼泪。
想今夜故园家中,
她独靠栏杆,有谁相伴?
在这荒远的地方,
连一个与她团聚的好梦都做不成。
给她写信,姑且写一些违心的话,
就说别后一点也不思念她,
而只想建功立名。

【注释】

① "代北"四句　代北燕南：代，今山西省北部地区；燕，今北京市及河北省北部、中部地区。这里言"代北燕南"，是泛指远隔的两地。　应不隔、月明千里：此用谢庄《月赋》"隔千里兮共明月"意。　胭脂山：即焉支山，在今甘肃省山丹县东南。相传山产红蓝（一种草），可以染色，是制造妇女化妆用的胭脂的原料之一。汉武帝时霍去病夺取焉支山，匈奴人作歌道："失我焉支山，使我妇女无颜色！"容若出塞，是去今东北黑龙江一带，不经胭脂山，此仅借其名言边地之山。　悲哉秋气：秋气指秋天萧条肃杀之气。宋玉《九辩》："悲哉秋之为气也，萧瑟兮草木摇落而变衰。"

② "小立"四句　小立：言站立的时间很短。　乍：突然。腻：这里指香气馥郁。　边声：见前《生查子》"短焰剔残花"阕注。

按："乍惊清露湿"，言边地早寒。"最惜浓香腻"，暗指有所联想而夜不能寐。下言"况夜乌、啼绝四更头，边声起"，显然是更难入睡了。

③ "悲歌"二句　悲歌意：指因边地肃杀凄清的气氛引起的一种悲凉的情绪。　匀：使均匀。这里是揩拭的意思。

④ "青海"四句　青海：此用以代指作者当时所在之地。　红笺：红色的信笺。又用作信笺的美称。　暂：暂且，姑且。　浑：完全。　东堂桂：彭伉《寄妻》诗："不须化作山头石，待我堂前折桂枝。"彭妻张氏回寄一诗，曰："闻君折得东堂桂，折罢那得不暂归。"古以"折桂"喻登科。彭诗意谓妻子不必久等，他求得科第后就会回家。容若亦用此意，不过他早已登第，所谓折桂，是指建立功业。

按："暂写违心字"，用意是想减轻对方的思念之苦，见体贴之深。

清 平 乐

这是一阕塞外忆内词：盼家信不至，已有怅惘之意；忆别时情况，又增相思之情；当晓寒梦残之时面对白月落叶，更是不胜凄凉之感。胸中挚情，笔底流露，语意宛转，层次分明。

塞鸿去矣，锦字何时寄？①
记得灯前伴忍泪，②却问明朝行未？

别来几度如珪，③飘零落叶成堆。
一种晓寒残梦，④凄凉毕竟因谁？

【今译】

边塞的雁群已经飞离了，

她的书信什么时候才寄来呢？

还记得离别的前夜，

她在灯前忍住眼泪，装作不在乎的样子，

故意问我明天早晨是不是真的要动身了。

分别以来，月色已多少回如同玉珪一般明亮

洁净，

风中落叶飘零积聚成堆。

晓来梦醒寒气袭人，景况同以往一样，

却感到特别凄凉，

这到底是为了谁的缘故啊！

【注释】

①"塞鸿"二句　塞鸿：边塞之雁。鸿为雁之别名，古人有鸿雁传书的传说。　锦字：见前《浣溪沙》"记绾长条欲别难"阕注。

②"记得"句　佯忍泪：此用韦庄《女冠子》词"别君时，忍泪佯低面，含羞半敛眉"意。　佯(yáng 羊)：假装。

③"别来"句　珪(guī 规)：古代用美玉制成的一种上圆下方或上尖下方的玉版，是天子、诸侯举行典礼时手中所执。这里用珪来比喻月色的莹白。江淹《别赋》："秋露如珠，秋月如珪。明月白露，光阴往来。"

④"一种"句　一种：一样，同样。

中华聚珍文学丛书——纳兰词今译

蝶 恋 花

出　　塞

　　此是出塞路上怀古之作。容若是个感情丰富的人,所以思及铁马金戈、青冢黄昏等历史上的活剧,不免也会感慨沉吟。这也是"一往青深"的一种表现。

今古河山无定数,

画角声中,牧马频来去。①

满目荒凉谁可语? 西风吹老丹枫树。

幽怨从前何处诉?

铁马金戈,青冢黄昏路。②

一往情深深几许? 深山夕照深秋雨。④

【今译】

白谁主宰大好河山,

古往今来没有定数,

在画角声中,牧马人在这一带频来频去。

眼前一片荒凉,

我此时的感情能同谁交流呢？

西风阵阵,把路旁的丹枫都吹老了。

历史上有多少幽怨,

这些幽怨又能向何处倾诉？

铁马金戈的悲壮,青冢黄昏的哀愁,

都曾出现在这条路上。

抚今怀古,我一往情深,

这深情深到什么程度呢？

就像那深山中的夕阳、深秋时的雨。

【注释】

　①"今古"三句　"定数"一作"定据"。　定数:定命,天数,天定的命运。　画角:见前《菩萨蛮》"朔风吹散三更雪"阕注。　牧马:此指北方的游牧民族。

　②"幽怨"三句　"何处诉"一作"应无数"。　铁马金戈:指兵马强壮,战事激烈。　青冢黄昏:青冢指王昭君的坟墓,在今内蒙古自治区首府呼和浩特城南二十里。王昭君名嫱(qiáng 墙),汉元帝宫女,因和亲远嫁匈奴。相传边地多白草,惟独昭君的坟墓草色青青,故名青冢。杜甫《咏怀古迹五首》之三:"一去紫台连朔漠,独留青冢向黄昏。"

　④"一往情深"二句　一往情深:《世说新语·任诞》记桓伊听歌每每不胜感动,谢安因此说他"一往有深情"。后因以"一往情深"指感情丰富,寄情深远。

按："深山夕阳"言其艳丽，"深秋雨"言其缠绵，而二者又都给人以将衰之感。用它们来作"一往情深"的形象化比喻，十分新颖，也正体现了夸若的特色。

采 桑 子

塞上咏雪花

咏雪花的名句当首推东晋才女谢道蕴的"柳絮因风起",因为以"柳絮"为喻,出色地摹拟了雪花轻盈的特点。容若此作强调了雪花的另外两种性状:"冷处偏佳"以及"别有根芽",亦自有其擅胜之处。下半阕进而紧扣"塞上"二字,写出了边地之雪的特色,也颇见功力。

非关癖爱轻模样,①
冷处偏佳。别有根芽,
不是人间富贵花。②

谢娘别后谁能惜?
飘泊天涯。寒月悲笳,
万里西风瀚海沙。③

【今译】

我嗜爱雪花,与它悠悠扬扬体态轻盈无关,
而是因为它出自冷处,

愈冷愈佳,而且根芽在天。

它不是人间所种的富贵花。

谢娘死后谁还怜惜它呢?

飘泊到天涯塞外,

在寒冷的月色里,悲凉的笳声中,

陪伴着万里西风和无边无垠的瀚海黄沙。

【注释】

①"非关"句　轻模样:孙道绚《清平乐·雪》词:"悠悠扬扬,做尽轻模样。"

②"冷处"三句　突出了雪花的清冷高洁。容若生在富贵之家,却不作富贵之态,"萧然若寒素"(阮葵生《茶余客话》),此或是用以自比。

③"谢娘"四句　谢娘:指谢道蕴,参见前《忆江南》"昏鸦尽"阕注。　别后:此是"死后"的委婉说法。　笳:古时流行于西北少数民族地区的一种管乐器,其声悲壮凄凉。　瀚海:这里是指塞外的戈壁沙漠。

菩 萨 蛮

　　身在塞外，心系故园。容若奉使途中，虽然也曾以"王事兼
程促，休嗟客鬓斑"(《塞外示同行者》)之类的话慰勉同伴，还写
过"还将妙写簪花手，却向雕鞍试臂鹰"(《塞垣却寄》之一)这样
略具豪情的诗句。但总起来看，其出塞诸作过于被离愁别恨所
牵拘，殊少英迈之气。不过，边塞风光自有特殊的魅力，相思之
情置于此中，除凄婉之外，一定程度上也给人以雄浑的感觉。

　　这一阕作于塞外的《菩萨蛮》，较容若平居说愁伤别所作，骨
力就似乎显得遒劲一些。

　　黄云紫塞三千里，女墙西畔啼乌起。①
　　落日万山寒，萧萧猎马还。②

　　笳声听不得，入夜空城黑。
　　秋梦不归家，残灯落碎花。③

【今译】

　　边塞僻远，黄尘迷漫，
　　城上矮墙旁飞起了一群啼叫着的乌鸦。
　　夕阳西下，群山生寒，传来阵阵马嘶，

原来是出猎的骑队回来了。

胡笳的声音凄凉悲咽，教人不忍听闻。
夜色降临，空荒无人的城中一片漆黑。
塞外夜夜难以入眠，连归家的梦都没有做成。
面对半明不灭的残灯，看灯花爆落跌碎在地。

【注释】

①"黄云"二句　"紫塞"一作"紫气"，误。　"啼乌"一作"城乌"。　黄云　黄色的尘埃。谢灵运《拟魏太子邺中集诗·阮瑀》："河洲多沙尘 风悲黄云起。"　紫塞：边塞。崔豹《古今注·都邑》："秦筑长城，土色皆紫，汉塞亦然，故称紫塞焉。"　三千里：此言其僻远。　女墙：城墙上的矮墙。《释名·释宫室》："城上垣，曰睥睨（pì nì 辟婗），……亦曰女墙，言其卑小，比之于城，若女子之于丈夫也。"

②"萧萧"句　萧萧：马叫声。《诗·小雅·车攻》："萧萧马鸣。"

③"残灯"句　参见《寻芳草·萧寺纪梦》注。

菩 萨 蛮

　　容若奉使黑龙江,"道险远,君间行疾抵其界,劳苦万状,卒得其要领还报"(韩菼《进士一等侍卫纳兰君神道碑》),此行实有功于国家。由于容若等人的侦察和联络,清廷得以在黑龙江边境各民族的支援下,顺利地完成了反击罗刹侵略的各种布置。其时容若已死,康熙帝还特意派人祭告容若灵前,以示不忘他的劳绩。

　　从"冬将半"、"明日近长安"等语看,这阕《菩萨蛮》当作于黑龙江之行事毕归京途中,时间约在康熙二十一年(1682)十一月初。词中所表现的情绪并不昂扬,这可能与容若多愁善感的性格有关;而"劳苦万状"的情景,则可从中窥得一二。

　　惊飙掠地冬将半,解鞍正值昏鸦乱。①
　　冰合大河流,茫茫一片愁。②

　　烧痕空极望,鼓角高城上。③
　　明日近长安,客心愁未阑。④

【今译】

　　冬天即将逝去一半,一阵狂风掠地而过。

中华聚珍文学丛书——纳兰词今译

解下马鞍准备宿歇的时候，

正碰上黄昏归巢的鸦群在空中乱飞乱叫。

从两岸往河心扩展的冰层

终于把整个河面都覆盖了，

而冰层下大河仍在奔流。

眼前茫茫一片，都充满了愁意。

火烧草地留下的痕迹伸向天边，

我空自极目远望，总望不见尽头，

宸高的城头传来鼓角的声音。

昨天离故园所在的北京更近了，

可是我这游子心中的离愁并未减少！

菩
萨
蛮

【注释】

① "惊飙"二句　飙（biāo 标）：暴风。　值：遇到，碰上。

② "冰合"二句　冰合：指河冰冻合。　茫茫：辽阔、深远貌。

③ "烧痕"二句　烧痕：见《风流子·秋郊即事》注。　鼓角：
军鼓和号角。此指鼓角声，古时军中用以报时、报警或传达号令。

④ "明日"二句　长安：此指北京。　客心：旅人游子思乡之
心。祖咏《蓟丘门》诗："燕台一望客心惊。"　阑：尽，衰减。

二
一
七

临 江 仙

这阕《临江仙》也是用女子口吻填写的：情人晚间失约未来，心中顿生怨恨之情，转而想到对方必是因故被阻，也就原谅他了，但毕竟不免仍因失望而暗自伤心。

昨夜个人曾有约，严城玉漏三更。①
一钩新月几疏星。
夜阑犹未寝，人静鼠窥灯。②

原是瞿唐风间阻，③错教人恨无情。
小阑干外寂无声。
几回肠断处，风动护花铃。④

【今译】

昨夜那个人约我相会，
时间订在城中戒严后的三更时分。
天幕上挂着一钩新月，
又稀稀疏疏地点缀着几颗星。
夜已很深，人还未睡。

中华聚珍文学丛书——纳兰词今译

悄无人声,老鼠偷偷出来活动,窥伺着灯下的
动静。

他失约不来,原必是因故被阻,
就象船行瞿塘峡忽遇打头风一样,
却教人错怪他无情。
小小的栏杆外一片寂静。
听反吹铃响,不禁又一回回伤心肠断。

【注释】

①"昨夜"二句 个人:彼人,那个人。诗词中经常用以代指恋人。 严城:城中夜间戒严。葛洪《抱朴子·诘鲍》:"鲍生曰:'人君恐奸衅之不虞,故严城以备也。'"沈约《齐故安陆昭王碑文》:"塞草未衰,严城于焉早闭。" 玉漏:漏的美称。漏是古代的一种计时器,参见《台城路·塞外七夕》注。

②"夜阑"二句 夜阑:夜深、夜残。 鼠窥灯:此用秦观《如梦令》词"梦破鼠窥灯"语。

③"原是"句 瞿唐:即瞿塘峡,长江三峡之一,其处江狭流急,旧时中有险滩,稍有风波,船只即不敢行驶。 间阻:间隔、阻隔。

④"风动"句 护花铃:见前《太常引》"晚来风起撼花铃"阕注。此处或是指檐间铁马。

念 奴 娇

废 园 有 感

　　入废园，忆旧情，在荒芜丛中凭吊往时踪迹，顿觉韶华如梦，而早年的爱情也正像久已消失的好梦那样不可追寻。这一阕《念奴娇》以"废园有感"为题，表现一种强烈的失落感，是容若慢词中颇负盛名的作品。全词未见"愁"、"苦"、"怨"、"恨"等字样，所谓"即愁苦之音亦以华贵出之"（况周颐《蕙风词话》卷一）；而寓怅惘哀伤之情于景物描写之中，意旨深沉。

　　片红飞减，甚东风不语、只催漂泊。①
　　石上胭脂花上露，谁与画眉商略？②
　　碧甃瓶沉，紫钱钗掩，雀踏金铃索。③
　　韶华如梦，为寻好梦担阁。④

　　又是金粉空梁，定巢燕子，
　　一口香泥落。⑤
　　欲写华笺凭寄与，多少心情难托！⑥
　　梅豆圆时，柳绵飘处，失记当时约。⑦
　　斜阳冉冉，断魂分付残角。⑧

中华聚珍文学丛书——纳兰词今译

【今译】

花片纷飞,春光消减,

为什么东风不言不语,

只是吹动落花,催逼它们流离飘泊?

石头上落满花片,花片上凝着露水,

画眉啼个不停,是在同谁议论感叹这一景
象呢?

砖砌的井壁长满绿草,

打水的瓶也已沉没井底,

地上紫色的苔藓遮掩着当初园中人丢弃的
断钗,

鸟雀踏在往昔系有护花金铃的绳索上。

青春年华如同梦境一般消逝了,

为了追寻昔日美好的梦境,

我在此留连耽搁。

又看到那曾经用金粉绘饰过的房梁上空无
所有,

燕子要在上面定居,

偶而掉下一口衔来营巢的泥土。

想写一封信请人带给她，

有多少心中的话要说，却难以寄到。

青梅如豆，柳絮飘舞，景况似旧，

可是我却已记不起当时约会的地点了。

斜阳缓缓西沉，

我只能把自己极度的哀伤之情

交付给城上传来的画角的余响。

【注释】

①"片红"二句　片红飞减：片红指飘落的花片。此用杜甫《曲江二首》诗之一"一片花飞减却春"句意。　甚：什么，怎么。

②"石上"二句　胭脂：此指落花。　画眉：一种鸣禽。　商略：商量，评议。

按：花已落，露易干，商略"石上胭脂花上露"，隐隐有感叹好景不常、欢情易歇的意思。

上阕一开始就连设两问，笔法峻峭。

③"碧甃"三句　甃(zhòu 昼)：砖砌的井壁。井壁爬满蔓草，呈现绿色，故称碧甃。　紫钱：青紫色的圆形苔藓。李贺《过华清宫》诗："云生朱络暗，石断紫钱斜。"王琦注："紫钱，苔藓之紫色者，其形似钱。"　金铃索：参见《太常引》"晚来风起撼花铃"阕注。护花铃本为驱鸟而设，现在却"雀踏金铃索"，可见园中久已无人居住。

按：三句进一步写废园的荒芜景象。

中华聚珍文学丛书——纳兰词今译

④"韶华"二句　韶华：春光，又指青春时度过的岁月。　担阁：延迟、留恋。现一般写作"耽搁"。

⑤"又是"三句　"一口"一作"满地"。　定巢燕子：杜甫《堂成》诗："频来语燕定新巢。"　香泥：燕子作巢时所衔的泥土称燕泥，美称为香泥。

按：三句化用薛道衡《昔昔盐》诗"空梁落燕泥"之意，也是写废园冷落衰败的情形。

⑥"欲写"二句　华笺：信笺的美称。　凭：请。

按：二句含意与陆游《钗头凤》词"山盟虽在，锦书难托"类似。

⑦"梅豆"三句　"失记当时约"一作"失寄当初约"。　梅豆：欧阳修《渔家傲》词："叶间梅子青如豆。"　柳绵：即柳絮。

⑧"斜阳"二句　冉冉：慢慢地。　断魂：因极度悲哀而魂飞神散。　分付：交付，委托、发落。　残角：残存的角声。赵以夫《角招》词："尽分付、许多愁，城头角。"角指画角，参见《菩萨蛮》"朔风吹散三更雪"阕注。

台　城　路

塞　外　七　夕

　　夏历七月初七之夜称为七夕,民间传说七夕牛郎织女在银河鹊桥上相会。此词当作于康熙二十二年(1683)或二十三年(1684),这两年容若都曾扈从清圣祖出塞避暑并行猎,在塞外度过了七夕。词上阕首以"白狼河北秋偏早"句切题中"塞外"二字,然后着力摹拟牛郎织女金风玉露一相逢的情景;下阕则由天上转向人间,联想到世上有情人多别离相思之苦,其中当然也融入了自己羁旅塞外时的切身之感;末以"今夜天孙,笑人愁似许"作结,颇具余味。全词铺叙自然,意致深远,而且工整熨帖,蕴藉雅丽,晚清词学家谭献称其"逼近北宋慢词"(见《箧中词》卷一)。

　　白狼河北秋偏早,星桥又迎河鼓。①
　　清漏频移,微云欲湿,正是金风玉露。②
　　两眉愁聚。待归踏榆花,那时才诉。
　　只恐重逢,明明相视更无语。③

　　人间别离无数。向瓜果筵前,碧天凝伫。④
　　连理千花,相思一叶,⑤毕竟随风何处?
　　羁栖良苦。算未抵空房,冷香啼曙。⑥

今夜天孙，笑人愁似许。⑦

【今译】

白狼河北，秋来偏早，

今夜银河上搭起了鹊桥，又要迎接牵牛渡河，

　去与织女相会了。

夜色渐深，时间一点点流逝，

天河边薄薄的云层似乎带上了湿意，

这正是金风吹、玉露降的时候。

想织女愁眉不展满腹心事，

想等到踏着榆花归去时才对牛郎倾诉。

怛只怕到了重逢之时，

眽眽挣挣地双双对视，又说不出话来。

人世间相爱之人受到别离之苦的不计其数，

今夜有多少女子在庭中陈设瓜果筵向织女

　乞巧，

却又遥对碧空痴立凝想。

连理枝头的朵朵鲜花，

相思树上的片片绿叶，

随风飘走，到底飘向何方？

离家远行，栖居他乡的人心里真是充满了
　愁苦，

但这还抵不上独处空房的闺中人一夜哭到天
　明的那种苦处。

今夜与牛郎团聚而感到欣慰的织女下视
　人间，

应嘲笑人们为什么会有这么多的哀愁。

【注释】

①"白狼河北"二句　白狼河：见前《如梦令》"万帐穹庐人醉"
阕注。　星桥：银河上的桥，即民间传说中七夕由乌鹊搭成供牛郎
织女相会的鹊桥。　河鼓：即牵牛星。民间传说牵牛星为牛郎所
化，织女星为织女所化。

②"清漏"三句　清漏：漏是古代的一种计时器，一般用若干
相接的铜壶组成，除最下一壶外，每壶底部都有小孔，可以滴水。
最上一壶盛水后，水层层下滴，最下一壶蓄水多少由刻度表观得，
即据以计算时间。习以"清漏"为漏的美称，是因漏中滴水之声清
亮悦耳的缘故。此云"清漏频移"，意同"移时"、"移刻"，指时间流
逝。　李商隐《七夕》诗："清漏渐移相望久，微云未接过来迟。"
金风：秋风。五行学说以秋天属金，所以秋风有金风之称。　玉
露：晶莹的露水，多指秋露。古《子夜吴歌》："秋露凝如玉。"　李商
隐《七夕》诗："由来碧落银河畔，可要金风玉露时。"又秦观《鹊桥
仙》词："金风玉露一相逢，便胜却人间无数。"

③"待归踏"四句　归踏榆花：归谓归往牛郎所在之处。曹唐《织女怀牛郎》诗："欲将心就仙郎说,借问榆花早晚秋。"　明明：形容双双对视时的眼神。

④"人间"三句　"瓜果筵前"一作"堆筵瓜果"。　瓜果筵：旧时民间习俗,七夕妇女在庭院中设瓜果筵礼拜织女星,以乞求巧智。《荆楚岁时记》："七夕,妇女结彩缕,穿七孔针,或以金银输石为针,陈瓜果于庭中以乞巧。"　凝伫：因有所悬想而站着发愣。

按：之所以"碧天凝伫"者,当因由牛郎织女的今夕团圆而思及自己不能与爱人相聚,为之心绪缭乱。

⑤"连理"二句　连理：谓连理枝,见前《木兰花·拟古决绝词柬友》注。　相思：谓相思树,见前《生查子》"惆怅彩云飞"阕注。又,干宝《搜神记》言宋康王夺其舍人韩凭之妻何氏,韩凭夫妇皆自杀,葬后两人的坟上都长出大树,两树屈体相就,根交于下,枝错于上。宋人名之为相思树。连理枝、相思树都是爱情忠贞的象征。

⑥"羁栖"三句　羁栖：作客寄居。　冷香：旧时每以"香"字形容与妇女有关的事物,如"香闺"、"香魂"、"香奁"等,此则径以"香"来指代妇女,冷则言其凄清哀怨的状态。

⑦"今夜"二句　天孙：即织女。　《晋书·天文志》："织女,天帝女孙也。"　似许：这样,这么多。

蝶　恋　花

　　晚清的谭献评容若所填诸阕《蝶恋花》是"势纵语咽,凄淡无聊",并且认为"延巳(南唐诗人冯延巳)、六一(北宋词人欧阳修)之后,仅见湘真(明末词人陈子龙)"(见《箧中词》卷一),说容若之作完全可以同脍炙人口的前人同调名篇相媲美。所谓"势纵",是指情感积蕴既多,发之于词,自有纵放之势,可以开阖自如。所谓"语咽",是指欲语不语,言短意长,有含蓄不尽之妙。而"凄淡无聊",则是说凄婉伤感,有一种无可寄托的悲哀。观容若以下三阕《蝶恋花》,可知谭氏的八字评别具只眼,所言不诬。

眼底风光留不住,
和暖和香,又上雕鞍去。①
欲倩烟丝遮别路,垂杨那是相思树!②

惆怅玉颜成间阻,
何事东风,不作繁华主。③
断带依然留乞句,斑骓一系无寻处。④

【今译】

　　眼下风光虽好,也已留不住他了。

看他伴同着暖意和香气，

又跨上雕鞍乘马离去。

想请柳枝遮断他别我而去的道路，

可是垂杨不是相思树，

它哪里懂得为别情而苦的人的心情！

使人懊伤的是纵然有美好如玉的容颜，

也未能让他留在身边，

如今二人之间有了阻隔。

问东风为什么不替群芳作主，

使春色多留些日子呢？

断下的衣带上仍然留着请他题写的诗句，

而他这一去，又不知把马系在谁家门前的树
　　上了。

【注释】

①"又上"句　雕鞍：有雕饰的华美马鞍。

②"欲倩"二句　倩（qiàn 欠）：请。　烟丝：见前《踏莎行》
"春水鸭头"阕注。　相思树：见前《生查子》"惆怅彩云飞"阕注。

③"惆怅"三句　玉颜：言女子貌美如玉。　间阻：间隔、阻
隔。　繁华：原指花盛开，引申为指人的青春时光。

　按："何事东风，不作繁华主"二句，从严蕊《卜算子》词"花开花

落自有时,总赖东君主"化出。在这里除了因春色易逝而感慨盛年不常外,还有叹息对方热恋之情消失太快的意思。

④"断带"二句　断带留乞:用李商隐《柳枝》诗序所述故事,参见《临江仙·寒柳》注。　斑骓(zhuī 追):毛色黑白相杂的马。李商隐《无题》诗:"斑骓只系垂杨岸。"

按:此词以女子口吻出之,写爱人离去的怨情。

又

又到绿杨曾折处，

不语垂鞭，踏遍清秋路。

衰草连天无意绪，雁声远向萧关去。[①]

不恨天涯行役苦，[②]

只恨西风，吹梦成今古。

明日客程还几许？沾衣况是新寒雨。[③]

【今译】

骑马垂鞭又到了当初曾经折柳送别的地方，

在凄清的秋色中不声不响踏遍了这一带的
　　道路。

枯草一望无边，似乎同天黏连在一起。

对此景象心情本自不佳，

又听得鸣叫着的雁群向远处飞去。

不恨这次要行役天涯，备尝艰苦，

只恨世事茫茫，从古到今，

就像西风吹梦一样变幻不定。

明天不知还要赶多少路程，

何况又是新寒时节雨湿衣衫。

【注释】

　　①"衰草"二句　衰草：枯萎的草。秦观《满庭芳》词："山抹微云，天连衰草。"卢祖皋《宴清都》词："更那堪天连衰草。"　意绪：心情，思绪。　萧关：古关名，故址在今宁夏回族自治区固原县东南。这里用以泛指边远之地。

　　②"不恨"句　行役：此指因公差遣，跋涉旅途。

　　③"明日"二句　程：指一日所行的里程。

　　按：此词写行役之苦。因是不得已奉命而行，所以心情郁闷，更有世事如梦，难以自料的感叹。容若于康熙二十一年(1682)秋曾奉使黑龙江地区，这阕词可能就是在离京后不久写的。

又

萧瑟兰成看老去，①
为怕多情，不作怜花句。
阁泪倚花愁不语，暗香飘尽知何处。②

重到旧时明月路，
袖□香寒，心比秋莲苦。③
休说生生花里住，惜花人去花无主。④

【今译】

飘泊寂寞的庾兰成眼看已经变老，
因为担心经受不住深情的折磨，
再也不写伤春怜花的诗句了。
带着满眶泪水倚栏看花，含愁不语。
落花飘尽，不知飘向什么地方。

重新来到这铺满月光的旧游之路，
袖□沾染着香气和寒意，

心却比秋日莲心还苦。

不要说什么生生世世住在花丛之中，

爱花的人长逝以后，这些花就无人护持了。

【注释】

①"萧瑟"句　萧瑟：原指秋风吹动树木的声音，这里用来形容人，指飘泊羁旅，寂寞失意。　兰成：庾信的别名。庾信字子山，南北朝时南阳新野人。善作诗赋，文名甚盛。初仕梁，奉梁元帝之命出使西魏，被留不放还。后又由西魏入北周，官至骠骑大将军、开府仪同三司。庾信虽然被迫留仕北朝，但心怀故国，常有乡土之思。晚年所作诗赋哀伤沉痛，苍劲悲凉。他在《哀江南赋》中曾自称"兰成"，陆龟蒙《小名录》言："庾信幼而俊迈，聪敏绝伦。有天竺僧呼信为兰成，因以为小字。"这里容若是以庾信自比。

按："萧瑟兰成看老去"，取意于杜甫《咏怀古迹五首》之一"庾信平生最萧瑟，暮年诗赋动江关"二句。容若自比庾信，"看老去"云者，其实是人未老而强言老。古代文人多有此病，不独容若如此。

②"阁泪"二句　阁泪：泪水留在眼眶里。参见《菩萨蛮》"为春憔悴留春住"阕注。　暗香：清幽的香气，多指花香。

③"心比"句　秋莲苦：莲心味苦，结成于秋季，故云。晏几道《生查子》词："遗恨几时休？心抵秋莲苦！"

④"惜花"句　此反用辛弃疾《定风波·咏海棠花》词"毕竟花开谁作主？记取，大都花属惜花人"之意。

按：此词写伤春感旧。观末句"惜花人去花无主"，惜花人似指亡妻，则又是悼亡之作。

中华聚珍文学丛书——纳兰词今译

少 年 游

　　人生贵在相知心,交友如此,恋爱更是如此。但作者那位知心称意的恋人已十年没有音信了,想起往事,他十分烦恼,有不堪回首之感。

　　算来好景只如斯,①惟许有情知。
　　寻常风月,等闲谈笑,称意即相宜。②

　　十年青鸟音尘断,③往事不胜思。
　　一钩残照,半帘飞絮,总是恼人时。

【今译】

　　算起来,一年好景不过如此而已,
　　真正的良辰美景只有多情的人才能体会。
　　平平常常的风月,普普通通的谈笑,
　　对互相称意的情人来讲就是最合适最可
　　　爱的。

　　一别十年,无人传信,

她的消息已完全断绝，

往事真是回想不尽。

夕阳只剩下弯弯一钩，帘外飞絮蒙蒙，

这春天的黄昏总是使人烦恼。

【注释】

①"算来"句　斯：这样。

按：从下半阕的"半帘飞絮"看来，此句"好景"当指晚春的
景色。

②"寻常"三句　风月：这里指清风明月等景色，不必理解为
隐指男女情爱的风月。　等闲：普遍，平常。　称意：满意。

③"十年"句　青鸟：《山海经·大荒西经》说西王母身边"有
三青鸟，赤眉黑目"。《汉武故事》又言汉武帝想求得西王母下降，
在承华殿斋戒通神，忽见一青鸟从西方来，东方朔说青鸟就是西王
母的使者，过了一会儿，西王母果然来了。后世因把传信或通问消
息的使者称为"青鸟"。薛道衡《豫章行》："愿作王母三青鸟，飞来
飞去传消息。"　音尘：信息。李白《忆秦娥》词："乐游原上清秋
节，咸阳古道音尘绝。"

中华聚珍文学丛书——纳兰词今译

河 渎 神

下面两阕《河渎神》都是写秋夜相思之情,或系同时之作。二词化用前人诗词成句颇为得法,似乎招之即来,挥之即去,能任意取以表达自己的思想感情,而又不露明显的斧凿痕迹。

凉月转雕阑,萧萧木叶声干。①
银灯飘落琐窗闲,枕屏几叠秋山。②

朔风吹透青缣被,药炉火暖初沸。③
清漏沉沉无寐,为伊判得憔悴。④

【今译】

带着凉意的月亮转到栏杆的另一边去了,
树木的枝叶在风中发出干涩的响声。
只见灯花飘落窗上,
枕边屏风上画着重重叠叠的秋山。

寒冷的北风吹透了盖在身上的青缣被,
药炉火正旺,熬的汤药刚刚沸腾。

漏声深沉，长夜难寐，

　　为了她，我拚着就这样憔悴下去。

【注释】

　　①"凉月"二句　雕阑：雕刻精美的栏杆。　萧萧木叶声干：柳永《倾杯乐》词："空阶下，木叶飘零，飒飒声干，狂风乱扫。"萧萧义同飒飒，都是形容草木在风中摇落的声音。

　　②"银灯"二句　银灯飘落：此谓灯烬爆落。银灯泛指华美的灯。琐窗：镂刻成连琐图案的窗棂。

　　按：云"几叠秋山"，似乎联想到自己与恋人之间的种种阻隔。

　　③"朔风"二句　缣（jiān 肩）：双丝织成的细绢。　药炉：熬药的小火炉。王彦泓《述妇病怀》诗之六："无奈药炉初欲沸，梦中已作殷雷声。"

　　④"清漏"二句　清漏：见前《台城路·塞外七夕》注。　沉沉：深沉貌。令狐楚《宫中乐五首》诗之四："仙漏夜沉沉。"　伊：第三人称代词，她。　判：同"拚"。　憔悴：身体虚弱，脸色很不好看。柳永《蝶恋花》词："衣带渐宽终不悔，为伊消得人憔悴。"

中华聚珍文学丛书——纳兰词今译

又

风紧雁行高，无边落木萧萧。①

楚天魂梦与香销，青山暮暮朝朝。②

断续凉云来一缕，飘坠几丝灵雨。③

今夜冷红浦溆，鸳鸯栖向何处？④

【今译】

秋风劲吹，雁群高飞，

无边无际的树木枝叶摇落，在风中作响。

我们相会的好梦像燃尽的香烟一样消散了，

只有那青山不分朝暮天天出现在眼前。

天上飞过一缕若断若续的凉云，

又飘下少许雨丝。

今夜水边滩畔，在沾满冷露的红蓼丛中，

对对鸳鸯将向何处栖宿？

【注释】

①"风紧"二句　紧：急。　雁行（háng 航）：雁群排成的行列，雁阵。　无边落木萧萧：杜甫《登高》诗："无边落木萧萧下。"

②"楚天"二句　用宋玉《高唐赋》所言楚襄王梦见巫山神女之典，以喻自己与所恋之人梦中欢聚。参见《江城子》"湿云全压数峰低"阕注。

③"断续"二句　灵雨：好雨。《诗·鄘风·定之方中》："灵雨既零。"郑玄笺曰："灵，善也。"

按：此言凉云灵雨，似亦因《高唐赋》所谓巫山神女"旦为行云，暮为行雨"而言。

④"今夜"二句　"栖"一作"飞"。　冷红：似指蓼花。蓼为一种水生植物，秋季开花，花多红色。　浦溆（xù 序）：水边。王维《曲江侍宴》诗："画旗摇浦溆。"

按：二句本从李商隐《独居有怀》诗"浦冷鸳鸯去"化出。此时忽而念及鸳鸯，自是情人之思。

太　常　引

自　题　小　照

　　与容若同时代的诗人吴天草曾作《题楞伽出塞图》五古一首，诗云："出关塞草白，立马心独伤。秋风吹雁影，天际正茫茫。岂念衣裳薄，还惊鬓发苍。金闺千里月，中夜拂流黄。"容若曾奉使塞外，而其别号又正称楞伽山人，所以吴诗实为题容若画像之作。这阕《太常引》，所叙时、地、景与吴诗相合，词题曰"自题小照"，所题之照有极大可能就是这幅"出塞图"。

　　历来自题画像的诗词，立意不外乎以下数端：或慷慨述志，奋发自勉；或志满意得，欣然自慰；或感叹生平，低徊自伤；或故作豁达，诙谐自嘲。容若此作，似可归入"自伤"一类；但就其格调而言，则是冷峭多于低沉。

　　西风乍起峭寒生，惊雁避移营。①
　　千里暮云平，休回首、长亭短亭。②

　　无穷山色，无边往事，一例冷清清。③
　　试倩玉箫声，④唤千古、英雄梦醒。

【今译】

　　西风骤然刮起，带来了逼人的寒气，

惊飞的雁群正在躲避移营开拔的军队。

广阔无垠的暮云连成一片，

不要再回头看那路上的长亭短亭。

眼前的无边山色，

心中的无穷往事，

一概都是冷冷清清。

我想请人吹出悲怨苍凉的箫声，

把千古以来英雄们的迷梦唤醒。

【注释】

①"西风"二句　峭寒：严寒。　移营：军队移防。

按：二句描写的边塞秋色，连同下句"千里暮云平"可能就是作者小像的衬景。

②"千里"二句　千里暮云平：王维《观猎》诗："回看射雕处，千里暮云平。"此用其原句。　长亭短亭：庾信《哀江南赋》："十里五里，长亭短亭。"古时官道上每隔十里建一长亭，每隔五里建一短亭，以供行人休息。

按：渐行渐远，回顾来路，就更添离愁，所以说"休回首、长亭短亭"。又，此言思归而不得归之苦，与相传为李白作的《菩萨蛮》词中"何处是归程，长亭连短亭"二句意同。

③"一例"句　一例：一样，一概。

④"试倩"句　倩：请人代做某事。　玉箫：玉制的箫，又多用作箫的美称。

点 绛 唇

黄 花 城 早 望

　　黄花城在山西省山阴县北境黄花岭后,地处雁北塞上,而距五台山不过一天多一点的路程。容若于康熙二十二年(1683)二月和九月曾两次扈从清圣祖玄烨巡幸五台山,其中一次可能曾受命去大同一带办理某事,途经黄花城宿夜,乃有此作。

　　此词写月照积雪,雁起平沙,而人立西风之中,独对茫茫长夜茫茫大地,表达了一种空旷寂寞之感。情景相生,颇具感染力。

　　五夜光寒,照来积雪平于栈。①

　　西风何限,自起披衣看。

　　对此茫茫,②不觉成长叹。

　　何时旦? 晓星欲散,飞起平沙雁。③

【今译】

　　五更对分在带着寒意的月光照耀下,

　　只见远处的积雪已与栈道相平。

西风仿佛要无休无止地刮下去，

我披衣起来观此景象。

对着这茫茫一片，不觉长叹一声。

什么时候天亮啊，

晓星快要消失了，

从平阔的沙地上飞起了雁群。

【注释】

①"五夜"二句　五夜：汉时分一夜为甲、乙、丙、丁、戊五段，称"五夜"，亦即五更。此处五夜指戊夜将尽的五更时分。　栈：在山岩险绝之处傍山架木而成的通道。

②"对此"句　茫茫：空阔广漠貌。此处既指时间，也指空间。

③"飞起"句　雁是候鸟，塞上二月当无雁群。联系"西风"云云来看，此词作于康熙二十二年秋的可能性较大。雁北苦寒，夏历九月有雪并不奇怪。

临 江 仙

　　此词上阕言及秋风,下阕却云春云春水、细雨杨花,虽然前后时序不一,但并不矛盾,因为一则追写分别之时、既别之初,一则拟想重逢之后。词当是康熙二十三年(1684)九十月间扈从清圣祖南巡时舟上所作。自叹"不如燕子还家",对侍卫生涯不满而又无可奈何之情,溢于言表。全词看似未曾着意经营,然而疏宕清丽,不失为纳兰词作中的佳构之一。

　　长记碧纱窗外语,秋风吹送归鸦。

　　片帆从此寄天涯。①

　　一灯新睡觉,②思梦月初斜。

　　便是欲归归未得,不如燕子还家。③

　　春云春水带轻霞。

　　画船人似月,细雨落杨花。④

【今译】

　　我总记得分别前碧纱窗外传来乌鸦的啼
　　　叫声,

这是秋风在吹送它们归巢。

我却从此乘舟远去寄迹天涯。

刚刚睡醒，独对灯光，

回忆着梦中情景，

正见明月斜挂天边。

这可就是欲归不得，

反不如燕子秋去春还能定时回家。

春云、春水外带淡淡的彩霞，

我渴望到春来能同她共坐画船，

看水波与云霞相映，

人儿像明月一样皎洁；

再一起欣赏细雨濛濛柳絮飞舞的景色。

【注释】

①"长记"三句　碧纱窗外语：李白《乌夜啼》诗："碧纱如烟隔窗语。"语指乌鸦啼声。　片帆：孤舟。康熙南巡，史称"船来船去"。　寄：寄身，寄迹。

②"一灯"句　觉：醒来。

③"不如"句　燕子还家：燕子是候鸟，营巢屋梁，隔年归来，能认明旧巢。

④"春云"三句　画船：装饰华丽的游船。

中华聚珍文学丛书——纳兰词今译

按：韦庄《菩萨蛮》词云："春水碧于天，画船听雨眠。垆边人似月，皓腕凝霜雪。"此言"春水"、言"画船"、言"细雨"、言"人似月"，显然是受到韦词的影响。所言种种，出于拟想，也正是作者所向往的。